AF220710

Natalie Hennig
ist aufgewachsen und lebt in der Hansestadt Hamburg. Mit ihrem Debüt, der Dilogie „BROKEN" & „UNBROKEN" veröffentlicht sie ihre Romane im Self-Publishing.

NATALIE HENNIG

UNBROKEN

Roman

Lektorat:
Lektorat Lieblingswort – Katharina Strzoda
www.lektorat-lieblingswort.de

Coverdesign & Buchsatz:
Kuki Design – Monique Kurkowski
www.kuki-design.de

Copyright © Natalie Hennig 2021
Herstellung und Verlag: BoD - Books on Demand,
Norderstedt
ISBN: 978-3-7526-9068-2

Facebook: Natalie Hennig
Instagram: nataliehennig
Email: natalie.hennig@outlook.de

Für alle, die sich genauso sehr in Kat und Luce verliebt haben, wie ich.

KAPITEL 1

Kat

Ich hörte den Schrei von rechts, dann warfen sich zwei Arme stürmisch um mich. Emma Pierce und ich verloren das Gleichgewicht und wir stolperten über meinen Rucksack, Richtung Boden. Sie landete auf mir und ihr grinsendes Gesicht erschien über meinem.

»Da bist du ja endlich«, lachte meine beste Freundin und ließ von mir ab.

Ich stimmte in ihr Lachen ein und Wärme erfüllte mein Inneres. »Ich habe dich vermisst.«

Emma nickte, während wir uns langsam aufrappelten. »Erzähl mir alles, Katty«, befahl sie mir, als wir uns auf den Weg zur Gepäckausgabe des New Yorker JFK-Flughafens machten und uns einen Platz vor dem Band suchten. Ich beobachtete die verschiedenen Koffer, die an mir vorbeifuhren, damit mir mein eigener nicht entging.

»Wo soll ich da anfangen?«, seufzte ich und mein Blick fing einen pinken Koffer ein, der über und über mit bunten Blumen beklebt war. Er sah auffallend mädchenhaft aus und ich grinste

»Erzähl mir von deinem Weihnachtsfest. Ich weiß ja, dass Luce aufgetaucht ist, aber wie ist es denn dann weitergegangen?«

Bei dem aufgeregten Ton in Emmas Stimme schluckte ich.

Denn die Wahrheit war eine andere.

Bevor ich ihr eine Antwort gab, schnappte ich mir meinen blauen Rollkoffer vom Band, damit er nicht eine weitere Runde drehte.

»Wollen wir uns einen Kaffee holen?«, fragte ich und Emma stimmte zu.

Wir betraten den kleinen Starbucks in der Ankunftshalle des Flughafens und bestellten uns jeder einen Cappuccino. Damit steuerten wir eine braune, etwas in die Jahre gekommene Sofaecke an und ließen uns in die weichen Kissen fallen.

»Luce und ich, wir haben uns versöhnt, das weißt du ja.«

Emma nahm gespannt einen Schluck ihres Kaffees.

»Er hat dann eine Hütte gemietet, am Lake Michigan. Da haben wir dann die Nacht zusammen verbracht.«

Emma hob die Augenbrauen und ich merkte, wie mir eine gewisse Hitze in die Wangen stieg. Auch ich nahm mir meinen Kaffee und versuchte, sie so zu verstecken.

»So richtig die Nacht verbracht?«

»Ja«, murmelte ich, während ich mir ein bisschen Milchschaum von der Oberlippe wischte.

»Endlich bist du diesen Titel los«, sagte Emma und grinste. »Wie war es? Mit Luce.«

Bilder von der gemeinsamen Nacht mit Luce Snow schoben sich vor mein inneres Auge und eine Traurigkeit legte sich über mich.

»Es war wunderschön«, flüsterte ich und starrte auf den fast nicht mehr vorhandenen Milchschaum in meinem Becher.

»Ach, Katty, ich freu mich so. Aber wieso ist er dann schon früher zurückgekommen?«

Ich blickte auf und sah Emma verdutzt an. »Du weißt es gar nicht?«

»Was soll ich wissen?«

»Am nächsten Morgen hat Danny angerufen und Luce davon erzählt, dass ein Mädchen bei ihnen in der WG war, das behauptet, dass Luce sie vergewaltigt hat.«

Es war noch immer surreal, diese Worte auszusprechen.

Emma schüttelte mechanisch den Kopf. »Nein, nie im Leben.«

Ich zuckte mit den Schultern und nahm noch einen Schluck meines Cappuccinos. Ich liebte das Kaffeetrinken in New York und es war schön, zurück zu sein. »Leider ist das nicht alles«, fügte ich leise hinzu.

»Du veralberst mich doch?« Emma hielt ihren Kaffee in den Händen, hing aber so gebannt an meinen Lippen, dass sie vergaß, ihn zu trinken.

»Sie behauptet, von ihm schwanger zu sein.«

Jetzt las ich Fassungslosigkeit in ihren Augen. »Deshalb ist er also sofort zurückgekommen.«

»Tja. Und ich hatte vor, ihn zu begleiten.«

»Aber?«, hakte Emma nach.

»Er wollte meine Hilfe nicht. Wieder hat er mich von sich weggestoßen.«

»Dieser Esel.«

Geknickt erzählte ich meiner besten Freundin von der gedrückten Stimmung am Morgen in der Hütte.

Wie kalt Luce gewesen war. Wie er mich zu meinem Vater zurückgebracht und sich mit kaum mehr als zehn Worten von mir verabschiedet hatte. Und dass seitdem kein Wort mehr von ihm gekommen war.

»Und was möchtest du jetzt machen?«

Ich seufzte und trank den letzten Schluck Kaffee aus dem großen weißen Becher. »Jetzt möchte ich erstmal nach Hause.«

Emma strich mir liebevoll über den Unterarm. »Dann lass uns zum Auto gehen.«

Wir schnappten meinen Koffer und verließen Starbucks. In dem Moment, als Emmas grüner VW vor uns auftauchte, spürte ich eine gewisse Erleichterung, wieder in New York zu sein. Ich hatte die Zeit in Wisconsin bei meinem Vater genossen, doch diese Stadt war jetzt mein Zuhause.

Während der Fahrt auf dem Highway spürte ich immer wieder Emmas Blick auf mir. »Was willst du fragen?«, erlöste ich sie schließlich.

»Auf die Gefahr hin, mich zu wiederholen: Was willst du jetzt machen?«

Ich zuckte mit den Achseln. »Ich möchte das mit Luce nicht aufgeben, Emma, doch diese weitere Zurückweisung von ihm tut mir weh. Mal ganz abgesehen von diesen Anschuldigungen, die wir durchstehen könnten, wenn wir zusammenhalten würden. Doch wieder hat er mich aus seinem Leben ausgeschlossen. Wieder hat er es geschafft, mich damit zu verletzen.«

Emma sah traurig zu mir rüber. Eine kurze Stille

entstand, als wir an den bemerkenswerten Hochhäusern vorbeifuhren, die ein Stück Heimat für mich geworden waren.

»Jetzt bist du aber dran«, sagte ich und stupste meine beste Freundin in die Seite. »Was läuft da zwischen dir und dem nerdigen Danny?«

Zum ersten Mal, seit ich Emma kannte, sah ich, wie sie errötete.

»Erinnerst du dich an den Abend, als er mir den Thor Comic und die Rose geschickt hat?«

Ich nickte grinsend.

»Wir haben uns zu einem Filmeabend getroffen und ...«

»Uuund?«

»Seit dem Abend sind wir ein Paar.«

Ich quietschte auf und wäre Emma nicht gerade dabei Auto zu fahren, hätte ich sie in eine feste Umarmung gezogen.

»Kannst du dir das vorstellen, ich und so ein Nerd?«

Danny Lewis war nicht nur Luce bester Freund und Mitbewohner, er besaß ein großes Herz und hatte die Gefühle der wilden und immer spaßigen Emma gehörig durcheinandergebracht.

»Er ist mehr als das, Em.«

Sie lächelte und in ihren Augen leuchteten wie das Empire State Building bei Nacht. »Ja, das ist er. Und das zwischen dir und Luce, das wird sich wieder richten. Du weißt, ich war nicht gerade ein Fan von eurer Beziehung, aber wenn ihr zusammen seid, dann sieht man, dass es etwas Besonderes zwischen euch ist. Dafür sollte man kämpfen.«

Ich wollte Emma nicht antworten, denn ich kannte die richtige Antwort darauf nicht. Ich war nach einem traurigen Weihnachtfest, das ich weinend und Trübsal blasend in Wisconsin verbracht hatte, zu dem Entschluss gekommen, Luce und unsere Beziehung noch nicht aufzugeben. Doch die Bedingung dafür war, dass er mich nicht mehr von sich stoßen würde.

Wenn er dies nicht konnte, dann wusste ich keinen anderen Ausweg, als ihn gehen zu lassen. Mir wurde schlecht, wenn ich nur daran dachte, wie es wäre, endgültig ohne ihn zu sein.

Auf der restlichen Fahrt zum Wohnheim sprudelte es nur so aus Emma heraus. Sie erzählte von ihren Winterferien in Aspen und dass Jack, ihr Bruder, sie beim Ski gemein angefahren hatte, so dass sie immer noch einen riesigen blauen Fleck hatte. Ich konnte sie gerade noch davon abhalten, sich während der Fahrt den lila Wollpulli nach oben zu schieben, weil sie mir unbedingt ihren Bauch zeigen wollte.

Wir parkten den VW auf dem Uniparkplatz und betraten das stattliche Gemäuer der NYU, in dem sich unser Wohnheim befand.

Emma berichtete mir von einer neuen Serie namens Vikings, die sie für uns gefunden hatte, und ich schloss die Tür auf.

Während Emma immer noch von Wikingern und

Göttern erzählte, ließ ich mich erschöpft auf mein Bett fallen. Endlich Zuhause.

Emma, setzte sich ebenfalls auf ihr Bett, das genau gegenüber von meinem stand und sah zu mir herüber.

»Was?«, fragte ich und setzte mich auf.

»Wieso hast du nicht angerufen, nachdem du das mit Luce erfahren hast?«

Ich seufzte, nahm ein Haargummi von meinem Nachttisch und band mir meine Haare zu einem Pferdeschwanz zusammen.

»Ich wollte erstmal selbst darüber nachdenken. Außerdem war mein Dad wirklich süß. Den einen Tag hat er mir einen Kakao ans Bett gebracht und wir haben uns gegenseitig Geschichten von damals erzählt. Als meine Mom noch da war. Ich denke, es ist schwer für ihn. In solchen Situationen wünschte er sich sicher, sie wäre noch da.«

»Armer Scotti. Aber ich rechne es ihm hoch an, dass er es versucht hat.«

»Ich auch«, antwortete ich nickend.

Lächelnd beobachte ich, wie Emma ihre Schuhe wegkickte und es sich im Schneidersitz bequem machte.

»Hat er sich bei dir gemeldet?«, fragte ich, doch Emma schüttelte den Kopf.

»Nur Danny hat ein paar Mal nach dir gefragt, wollte mir aber nichts Genaueres sagen. Und glaube mir, ich habe versucht, es aus ihm rauszubekommen.«

Ich schluckte und schloss die Augen.

»Katty?«

Widerwillig sah ich Emma an.

»Was macht dich so traurig? Ist es die Tatsache, dass Luce bevor ihr zusammen wart möglicherweise so eine schreckliche Tat begangen hat und dafür vielleicht ins Gefängnis muss oder ist es, weil er einfach abgehauen ist?«

Jetzt lief eine Träne lautlos meine Wange hinab und Emma kam zu mir rüber, um den Arm um mich zu legen.

»Ich habe ihm alles geschenkt. Meine Jungfräulichkeit, mein Vertrauen und die Chance, um die er gebeten hat. Und zu guter Letzt mein Herz. Doch es war egal. Am nächsten Morgen nach diesem Telefonat war alles wieder weg. Wie soll ich ihm die Liebe glauben, die er denkt für mich zu empfinden, wenn er nicht mal daran glaubt, dass wir gemeinsam einen Weg aus dem Übel finden?«

Emma sah mich traurig an.

»Außerdem weiß ich, nach allem, was er mir von seiner Vergangenheit erzählt hat, dass ein weiterer Besuch im Gefängnis ihn zerbrechen würde. Dann ist da noch dieses Kind, das vielleicht von ihm ist. Ich bin doch selbst noch nicht erwachsen, wie könnte ich dann eine Stiefmutter sein?«

Emma antwortete nicht, stattdessen schaltete sie den Fernseher an.

»Greys Anatomy oder Vikings?«

»Greys«, antwortete ich und liebte Emma in diesem Moment dafür, dass sie einfach für mich da war.

KAPITEL 2

Luce

»Willst du Kaffee?« Danny sah auf, als ich die Küche betrat und im Türrahmen stehen blieb.

Gähnend nickte ich ihm zu. Ich hatte die ganze Nacht nicht geschlafen, hatte mich von einer zur anderen Seite gewälzt. Die Gedanken in meinem Kopf kreisten wie ein Karussell über mir. Es waren immer die gleichen Fragen.

Leider wusste ich noch immer nicht genau, wie ich mit den Anschuldigungen umgehen sollte. Was würde also geschehen? Mit mir? Und noch wichtiger: mit meiner Beziehung zu Kat. Es war nicht sinnvoll gewesen, Kat dort zu lassen, das war mir klar. Sie einfach bei ihrem Vater in Wisconsin abzugeben und fast wortlos meine Sachen zu packen, um den ersten Flug nach Hause zu nehmen. Doch als Danny mir erzählt hatte, was dieses Mädchen behauptete, war es, als fiele ich zurück in ein dunkles Loch. Und mein erster Gedanke war nicht das Gefängnis, das mir drohen würde, oder die Schwangerschaft und die damit verbundene Tatsache, dass ich mit Anfang zwanzig Vater werden würde. Nein. Mein erster Gedanke war, dass ich Kat nicht mit in dieses Loch ziehen wollte. Dass ich sie nicht mit meiner Dunkelheit unglücklich machen durfte. Daher hatte ich abgeblockt. Wie immer. Mein Plan, alles in Ordnung zu bringen, bis Kat aus Wisconsin zurückkam, war aber gescheitert. Stundenlang hatte ich vor dem Elternhaus des Mädchens in meinem Auto gesessen und hoch zu ihrem Zimmer gestarrt. Doch sie war weder rein, noch raus gekommen. Nicht einmal Licht brannte in ihrem Zimmer. Feige wie ich war, hatte ich mich nicht einmal getraut, auszusteigen, um zu klingeln. Die Konsequenz daraus trug ich in Form eines Briefes in meiner Jeanshose. Es war eine Vorladung zu einem Verhör. Es war schlimmer geworden. Wie sollte ich das Kat erklären?

»Hier.«

Ein großer roter Kaffeebecher mit dem Gesicht von Spider Man darauf wurde mir hingehalten und ich nahm ihn dankend entgegen. Der Duft von frisch aufgesetztem Bohnenkaffee stieg mir in die Nase. »Wann kommt sie heute an?«

Danny seufzte, stellte seinen grünen Becher in der Form von Hulks Faust auf dem Küchentisch ab und griff nach dem Brot, das gerade aus dem Toaster gesprungen war. »Um 10:00 Uhr wollte Emma sie abholen.«

Als mein Blick die Wanduhr traf, schnürte mir irgendetwas die Kehle zu. Während ich zusah, wie Danny sich sein Brot mit einer dicken Schicht Nutella bestrich, ratterte es in meinem Kopf.

Mir war nicht klar, wie Kat auf mich reagieren würde, doch ich war mir sicher, dass ich eine Lösung für alles finden würden. Ich würde meine Probleme lösen und dann könnten wir unser Leben weiterführen wie vor den Anschuldigungen. Kat musste mir nur noch etwas Zeit geben.

»Du willst wirklich sofort hinfahren?«

Ich nickte. »Kat hat eine Erklärung verdient.« Danny hatte sich an den Küchentisch gesetzt und begann zu frühstücken. Ich stieß mich vom Türrahmen ab und steckte mir selbst zwei Brote in den Toaster.

»Glaubst du nicht, dass sie die schon vor Weihnachten hätte haben wollen?«

Ich sah Danny böse an. »Du weißt genau, dass es nicht ging.«

»Wieso nicht?«

»Ich muss meine Probleme selbst lösen, Bro. Wie armselig wäre es von mir, wenn ich Kat mit diesem ganzen Scheiß mit in das Loch ziehe, das wieder vor mir aufgerissen ist.«

Jetzt sah mich mein bester Freund komisch an. »Was weißt du, was ich nicht weiß?«

Ich wandte mein Blick von ihm ab und legte die zwei Toastbrote auf den kleinen Frühstücksteller, um sie ebenfalls mit Nutella zu bestreichen.

»Bro?«, fragte Danny energischer.

Ohne ein weiteres Wort zog ich den Brief von der Polizei aus meiner Hosentasche und reichte ihn Danny. Dieser unterbrach sein Frühstück und begann zu lesen.

Währenddessen bereitete ich mir mein Frühstück weiter zu und nahm dann gegenüber von Danny am Küchentisch Platz. Der Gesichtsausdruck von meinem besten Freund wurde von Sekunde zu Sekunde finsterer. »Luce, das ist ernst.«

»Glaubst du das weiß ich nicht?«

»Wir müssen dir einen Anwalt besorgen.« Danny

begann sich die Haare zu raufen und ich biss von meinem Toast ab.

»Das Einzige, was für mich zählt, ist die Beziehung zu Kat.«

Bestimmt wollte Danny mich gerne mit dem Buttermesser enthaupten und vermutlich hatte ich das auch verdient.

»Dann fahren wir nach dem Frühstück zur NYU und hoffen, dass ihr das aus der Welt schafft, damit du dich um andere Dinge kümmern kannst.«

Ich nickte nur.

****

Kat

»Manchmal muss man loslassen, um die Liebe festzuhalten.«

Ich starrte auf Meredith Grey, die diese Worte gerade ausgesprochen hatte, und dachte darüber nach, ob es stimmte.

»Nein Katty.«

Ich sah meine beste Freundin an und sie schüttelte so heftig mit dem Kopf, dass ihre blonden Haare hin und her schwangen. »Du wirst ihn nicht gehen lassen. Ihr werdet es schaffen. So wie Meredith und Derek.«

Ich wollte grade zum Reden ansetzen, als es an der Tür klopfte.

»Das ist wahrscheinlich Danny, aber ich werde ihn wegschicken.«

Ich setzte mich im Bett auf und schüttelte den Kopf. »Nein, lass ihn rein, er kann nichts für die Situation.«

Emma nickte widerwillig, erhob sich und öffnete die Tür. »Hey, nein«, stieß sie dann erschrocken hervor und machte einen Satz nach vorne, doch die Person vor der Tür hatte sich schon an ihr vorbei geschoben.

Es schien mir so, als hätte mein Herz die Zurückweisung nicht bemerkt. Wie immer, wenn ich Luce Snow sah, machte es einen Satz in meiner Brust und schlug dann mit doppelter Geschwindigkeit weiter. Er stand da, direkt vor mir im Zimmer und sah mich an. Seine Haare fielen ihm nass ins Gesicht und an seinem schwarzen Parker hingen weiße Schneeflocken. Durch seinen dunklen Bartschatten wirkte er böse, doch seine Augen ließen mich erschaudern. Seit ich Luce kenne, hatte ich viele Facetten seiner grauen Augen kennengelernt. Ich habe Kälte und Schmerz gesehen, Freude und Verlangen und, zumindest wie ich geglaubt hatte, Liebe. Doch jetzt, da sah ich Panik in seinen Augen.

»Luce, verschwinde, woher weißt du, dass sie wieder da ist?«, schimpfte Emma.

Wie aufs Stichwort erschien Danny im Türrahmen.

»Das gibt Ärger, Lewis«, spie sie ihrem Freund entgegen.

Ich hielt kurz inne.

»Emma, meine Süße, lass ihm die Möglichkeit mit ihr

zu sprechen.«

»Sie ist gerade mal eine halbe Stunde hier. Lass sie doch erstmal Zuhause ankommen.«

Meine beste Freundin war gut drauf und genau deshalb liebte ich sie.

»Kat, bitte«, sagte Sturmauge. Seine Stimme war rau und heiser.

Ich nickte, weil ich endlich über alles mit ihm reden wollte. Warum nicht gleich jetzt und hier. »Emma, geh mit Danny doch einen Kaffee trinken.«

Sie sah mich an, als wäre mir ein Horn aus der Stirn gewachsen.

»Bist du dir sicher?«

Egal, was Emma in meinen Augen gesehen hatte, sie nahm sich widerwillig ihre Winterjacke und verließ mit einem letzten fragenden Blick unser Zimmer.

In dem Moment als sich die Tür hinter uns schloss, legte sich ein Druck auf meine Brust, der mich schwerer atmen ließ. Luce und ich schwiegen für eine lange Zeit, bis er schließlich seufzte und mich ansah.

»Warum bist du hier?«, fragte ich und er fuhr sich durch die nassen schwarzen Haare.

»Ich wollte es dir erklären, Engelchen.«

Ich stockte, das Kosewort, das er aussprach, tat mir weh. »Was denn?«

Er hatte vor, zum Sprechen anzusetzen, doch ich hielt ihn auf, indem ich die Hand hob und aufstand, um wenigstens ein wenig Größe zwischen uns wettzumachen.

»Bevor du von dieser Frau anfängst, möchte ich erstmal wissen, wieso du mich einfach so hast stehen lassen?«

Es schien mir, als hatte er nicht mit dieser Frage gerechnet.

»Ich wusste nicht, was ich tun sollte, als Danny angerufen hat. Das alles war zu viel für den Moment.«

»Was du nicht sagst, ich war auch anwesend. Und wo warst du?«

»Engelchen.«

Ich zuckte zusammen. Wie sehr wollte ich, dass er mich einfach in die Arme nahm, damit ich mich an seine Brust schmiegen konnte. Seinen Duft riechen und mich geborgen fühlen.

»Du hast mich schon einmal ausgeschlossen. Als du dann nach Wisconsin gekommen bist, da hast du dich mir geöffnet. Du hast mir von deiner Vergangenheit erzählt. Von deiner Schwester und davon, was ihr angetan wurde.«

Er nickte und trat einen Schritt auf mich zu, doch ich blockte ab.

»Wenn du sagst, dass du diese Frau nicht vergewaltigt hast, dann glaube ich dir das. So ist das in einer Beziehung. Vertrauen.«

»Ich vertraue dir, Engelchen. Aber ...«

Ich hob fragend die Augenbrauen in die Höhe.

»Ich möchte meine Probleme selbst lösen. Ich will alles wieder in Ordnung bringen und dann können wir da weiter machen, wo wir aufgehört haben.«

»So funktioniert eine gute Beziehung nicht, Luce.

Man sollte füreinander da sein, aber bei uns ist es anders. Du verlässt mich immer, wenn es schwierig wird. Wovor hast du Angst?«

Ich sah Hilflosigkeit in seinen Augen.

»Bitte Kat. Lass es mich einfach wieder in Ordnung bringen.

Ich werde nochmal zu diesem Mädchen gehen, damit ich die Wahrheit ans Licht bringen kann und dann ist wieder alles gut.«

»Luce.« Ich trat einen Schritt auf ihn zu und nahm seine Hand.

Er schloss für einen Moment die Augen, als würde er die Berührung meiner Hand genießen.

»Natürlich sind mir diese Anschuldigungen nicht egal. Aber zusammen schaffen wir alles. Solange du mich in dein Leben lässt. Du musst dich mir öffnen, Luce. Sonst bringt das hier nichts.«

Seine Sturmaugen sahen tief in mein Inneres und mein Herz klopfte stark in meiner Brust.

»Luce. Ich habe dir meine Jungfräulichkeit geschenkt. Ich habe dir alles von mir gezeigt, all meine dunklen und hellen Seiten. Du kennst mich, aber ich kenne dich nicht. Immer Angst zu haben, dass du bei jedem Problem gehst, ist keine Option für mich.«

»Ich will dich nicht verlieren Kat. Aber ich will dich auch nicht mit in mein Unheil ziehen.«

Mein Herz brach, als ich nun den Schmerz in seinem Gesicht sah. »Luce, ich helfe dir da raus. Sofern du mich lässt.«

»Kat, ich wurde zu einer Anhörung geladen. Es ist Ernst. Ich habe sie nicht vergewaltigt, ich kann mich aber auch nicht mehr daran erinnern, ein Kondom benutzt zu haben. Wir hatten harten Sex, aber ich habe sie nicht dazu gezwungen. Das musst du mir glauben.«

»Ich glaube dir. Doch ich kann den Gedanken daran, dich im Gefängnis zu wissen, nicht ertragen. Außerdem ist es so komisch, zu wissen, dass es bald ein Mädchen mit deinen Augen oder einen Jungen mit deinen Haaren gibt. Doch viel schlimmer ist, dass du wegen dieser Frau vielleicht wieder in die Hölle zurück musst, aus der du gekommen bist. Und wie kommst du dann wieder? Du sagst selbst, du bist zerbrochen, wirst niemals wieder der Alte sein. Nehmen wir an, du kommst aus dem Gefängnis raus und wir sind wieder zusammen. Wer wirst du dann sein?«

Einen Moment war Stille um uns herum und ich beobachtete, wie sich seine Brust hob und senkte.

»Du gibst auf?«, fragte er leise.

»Ich gebe Acht auf mich. Willst du nicht, dass ich glücklich werde?«

»Ich will es wiedergutmachen. Lass mich das Ganze klären und dann machen wir weiter. Dann werden wir wieder glücklich.«

Hatte er überhaupt gehört, was ich eben zu ihm gesagt hatte?

»Nein«, sagte ich dann starr, denn in diesem Moment wurde mir klar, dass ich Luce nicht dazu zwingen konnte, mir zu vertrauen. Wenn er so sehr dafür kämpfte, seine Probleme selbst zu lösen, dann sollte ich ihn das tun lassen.

Ich spürte, wie eine Träne meine Wange hinablief.

»Engelchen?« Er hob die Hand an meine Wange und wischte sie fort.

»Ich liebe dich. Das habe ich ernst gemeint.«

»Nein, das kannst du nicht ernst gemeint haben.«

»Ich bringe sie dazu, die Wahrheit zu sagen, Kat. Gib mir eine Chance.«

»Darum geht es nicht, Luce. Es geht darum, dass du mich aus allem ausschließt. Daher lasse ich dich das alleine durchstehen. Aber ich kann so nicht weitermachen. Ich muss mich schützen. Geh und bring die Wahrheit ans Licht, aber wenn du mich nicht an deiner Seite haben willst, dann ist es jetzt vorbei.«

»Nein, Kat.« Er hob beide Hände an mein Gesicht und die Panik war zurück in seinem Blick.

»Leb wohl«, flüsterte ich und löste mich von ihm.

Da ich merkte, wie sich Tränen in meinen Augen sammelten, wandte ich den Blick von ihm ab. Eine plötzliche Erschöpfung überfiel mich, so dass ich am liebsten nur noch schlafen wollte. Ich starrte auf mein Bücherregal und trat darauf zu. Gedankenverloren schob ich einen Liebesroman neben einen Thriller. Ein Gegensatz, der nicht zusammenpasste. So wie Luce und ich.

Es vergingen mehrere Sekunden, in denen ich spürte, wie Luce mich ansah, doch ich konnte nicht mehr.

Dann verließ Luce Snow wortlos das Zimmer sowie unsere Beziehung.

KAPITEL 3

Luce

»... *dann ist es jetzt vorbei.*«

In meinen Ohren rauschte es. Das Geräusch vom Klicken des Haustürschlosses hallte weit entfernt in meinem Kopf wider. Ich starrte auf die graue Wohnheimtür, von der die Farbe abblätterte.

Es war vorbei. Diesmal endgültig. Das spürte ich. Ich hatte zwei Chancen bekommen und hatte sie beide verspielt. Dies war die Konsequenz daraus. Wut stieg in mir auf. Wut auf mich selbst. Dass ich es wieder versaut hatte. Wütend auf dieses Mädchen, weil sie mir das antat. Wieso eigentlich? Den Grund verstand ich immer noch nicht.

Während ich langsam von der Tür in Richtung Parkplatz lief, wurde jeder Schritt schwerer, den mich von Kat entfernte. Wie sollte ich Glück finden, wenn ich es mit Kat nicht geschafft hatte? Sie hatte mich gerettet, mir eine Zukunft gezeigt. Was war sie wert, wenn sie in meinem Leben keine Rolle mehr spielte?

Ich erreichte den Parkplatz und öffnete die Beifahrertür. Emma war fort, ich hatte sie nicht mehr gesehen, seit sie mit Danny aus dem Wohnheimzimmer gegangen war. Dannys Blick fand meinen und seine braunen Augen blickten mich fragend an, doch ich ignorierte ihn, und nahm neben ihm in seinem SUV Platz. Ohne ein Wort zu sagen, fuhr mein bester Freund los. Mir wurde schlecht.

»Was ist passiert?«, fragte Danny mich und ich sah zu ihm hinüber. Keine Ahnung, was er in meinen Augen las, doch der Blick meines besten Freundes verdunkelte sich.

»Sie hat es beendet«, flüsterte ich und diese Worte schmerzten, als sie über meine Lippen kamen.

»Wieso?«

»Das fragst du noch?« Ich raufte mir die Haare und hoffte damit, dass Geschehene aus meinem Kopf zu löschen.

»Wegen dem Mädchen?«

»Wegen allem, Danny.« Ich schloss die Lider. Tränen der Wut brannten mir in den Augen. Wut auf mich, dass ich das alles zugelassen hatte. Dass ich schwach war und dass ich Kat mit meiner Sturheit verloren hatte.

»Luce, was machen wir jetzt?«

Da ich keine Antwort wusste, sah ich meinen besten Freund nur an. Kat war fort und ich zurück in meinem Loch, das mich zu verschlingen drohte.

Wir hatten mittlerweile angehalten, doch nicht vor unserer Wohnung. Wir waren bei Lucy und ihrem »Möchtegern« Finanzberater. Warum war er hierhergefahren?

Die SUV-Tür wurde aufgerissen und das braungelockte Haar meiner Schwester erschien vor meinem Gesicht.

»Bruderherz.« Ein Blick genügte ihr. »Komm rein und erzähl alles«, befahl sie und ich gehorchte.

****

Ich starrte auf die weißen Seidenvorhänge, die akkurat am Fenster hinabfielen und kurz über dem Boden endeten. Der Wohnbereich meiner Schwester Lucy war genauso luxuriös wie der Rest des Hauses. Auf ihre Couch gekauert wartete ich darauf, dass sie aufhörte, mit Danny zu reden.

»Lucas?«

Ich zuckte unwillkürlich zusammen. Ich hasste dieses Mitleid in ihrer Stimme. Eine Hand berührte mich an der Schulter und ich drehte mich um.

Große graue Augen, die meinen so ähnlich waren, sahen mich an, durch mich durch, direkt in mein Inneres. Mein Herz wurde schwer.

»Was?«, fragte ich und meine Schwester hob die Augenbrauen.

»Wer ist sie?«

Ich wandte mich ab, ich hatte keine Lust, darüber zu sprechen.

»Ist das nicht egal?«

Lucy schnaubte verärgert, während sie sich neben mich auf die roséfarbene Sofagarnitur fallen ließ.

Dieses Haus war riesig und es strotzte vor Geld. Jedes Mal, wenn ich Lucy und ihren Verlobten besuchte, hatte ich ein schlechtes Gefühl. Jacob Nass hasste mich. Wieso genau, das wusste ich nicht.

Es machte mich glücklich, dass sie jetzt ein besseres Leben führte als damals. Dass sie jemanden hatte, der sich um sie sorgte und sie liebte. Doch ich vermisste die Zeit mit meiner Schwester.

»Egal? Denkst du denn überhaupt jemals an deine Zukunft?« Mein Blick schnellte nach oben, doch das, was mir auf der Zunge lag, sprach ich nicht aus.

Vor einer Woche hatte ich eine Zukunft gehabt. Mit Kat. Vor einer Woche habe ich einen Menschen neben mir gehabt, der mich liebte. Doch nun stand ich vor dem Aus. Kat war weg. Wer konnte ihr das verübeln? Ich habe mich an meine Bewährungsauflagen gehalten, die mit der Aussage irgendeines Mädchens zunichtegemacht worden sind. Und dann war da noch der Knast. Ich griff in meine Gesäßtasche und umfasste den Brief mit der Anhörung. Es brachte nichts, die Aussage der Kleinen reichte vermutlich, um mich für lange Zeit hinter Gitter zu bringen. Der Tunnel wurde immer dunkler, nur bei dem Gedanken an den Albtraum von vor ein paar Monaten.

»Lucy, nicht nur das ist mein Problem.«

Sie hob verwirrt die Augenbrauen.

»Was meinst du? Was ist schlimmer als die Anschuldigung einer Vergewaltigung und eine Schwangerschaft?«

»Kat und ich haben uns vor ein paar Minuten getrennt. Sie hat Schluss gemacht, weil ich sie nicht in mein Leben hineingelassen habe.«

»Luce«, flüsterte Lucy und bewegte sich auf mich zu.

Ich blockte ab, denn die Wohnzimmertür öffnete sich in dem Moment. Lucy und ich sahen auf.

Ihr Verlobter, Jacob, stand im Raum und sein Blick heftete sich auf mich. »Was will er denn hier?«

Auch wenn er mich nicht sonderlich mochte, fand ich solch eine harte Reaktion überraschend.

»Schatz, beruhige dich.« Lucy ging auf ihren Verlobten zu.

»Was will er hier, Schatz?«

Das war dann das Stichwort. Ich stand auf, sah meiner Schwester tief in die Augen und lief an ihnen vorbei Richtung Haustür.

»Lass meine Verlobte endlich in Ruhe mit deinen Problemen.«

Ich blieb stehen und wartete einen Herzschlag lang. Dann drehte ich mich um. Mit langen Schritten ging ich auf Jacob Nass zu, bis sich unsere Nasen fast berührten. »Die bessere Frage hier ist doch, was du glaubst, was ich tue?«, sagte ich.

»Immer wenn du auftauchst, macht sie sich Sorgen. Sie hat jetzt ein neues Leben. Ich habe deiner Schwester aus dem Leben herausgeholfen, in das du sie reingezogen hast.«

»Das ist nicht dein Ernst?«

»Es ist die Wahrheit.«

Da sah ich rot. Meine Hand war wie von selbst an seinem Hemdkragen. Seine blauen Augen sahen mich angespannt an, doch er blieb, wo er war. Mutig schien er zu sein, das musste man ihm lassen.

»Du weißt gar nichts. Ich habe sie damals halb tot und vergewaltigt vorgefunden. Ich habe ihre

Schulden bezahlt und bin dafür in den Knast gegangen. Ich habe meine Zukunft für meine Schwester gegeben und ich würde es immer wieder tun. Das Einzige, was ich verabscheue, ist jemand wie du, der Geld hat und glaubt, damit alles wiedergutzumachen. Die Wunden, die sie trägt, werden durch dein Geld nicht geheilt.«

Ohne ihn zu schlagen, ließ ich sein Hemd einfach los und stürmte aus dem Haus. Als ich ins Freie trat, holte ich tief Luft. Danny tauchte hinter mir auf, und wir gingen wortlos zu seinem SUV hinüber. Wortlos nahm ich auf dem Beifahrersitz Platz und fischte mein Telefon aus der Hosentasche, während Danny den Motor startete und losfuhr. Ich scrollte durch das Telefonbuch und blieb an Kats Namen hängen. Wie sehr wünschte ich mir, dass alles wieder so war wie vorher. Ohne diese Anschuldigungen und ohne den Mist, den ich mir wieder mal eingebrockt hatte. Also scrollte ich weiter.

»Hast du Zeit?«, schrieb ich in das Chatfenster des Mädchens aus dem Pub, in dem ich gewesen war, kurz bevor ich Kat zum ersten Mal fast geküsst hätte. Damals im Wohnheim. Wenn Emma nicht reingeplatzt wäre, wäre es passiert, da war ich mir sicher.

»Klar. Wieso so plötzlich?«

Schnell tippte ich eine Antwort. »Ja oder Nein?«

»Ja. Wir treffen uns vor dem Beautiful Cuts, einem Friseursalon. Ich habe in zehn Minuten Mittagspause und wohne gleich nebenan.«

Sie nannte mir die Straße und so steckte ich das

Telefon wieder zurück in die Hose.

»Kannst du mich woanders rauswerfen?«, durchbrach ich die Stille.

Danny sah kurz zu mir rüber und beäugte mich misstrauisch.

»Das ist wohl nicht dein Ernst?« Ich zuckte mit den Achseln und starrte hinaus auf die Straße. Sah den gelben Taxen dabei zu, wie sie sich durch den New Yorker Straßenverkehr schlängelten. So wie wir es taten. »Nach allem, was passiert ist, gehst du wieder zu einer Frau?«

»Was habe ich zu verlieren?«

»Kat, vielleicht?«

Ich rieb mir das Kinn. »Hab ich das nicht schon?«

»Klar, wenn du nicht mal zu verstehen versuchst, warum es mit euch vorbei ist.«

»Ich will nicht darüber reden, Bro.«

»Wie immer«, schnaubte Danny und bog rechts in eine Straße ein.

»So, da sind wir schon. Da vorne ist der Treffpunkt mit deiner Flamme.«

Danny parkte in einer Lücke direkt vor dem Friseursalon. Plötzlich unsicher starrte ich aus dem Fenster auf das Reklameschild des Ladens. Es zeigte eine Schere, die sich automatisch öffnete und schloss.

»Bro. Bitte denk nochmal darüber nach.«

Ich schloss kurz die Augen und dachte daran, wie es war, mit einer Frau zusammen zu sein. Wie es war, mit jemandem intim zu werden, der einem nichts bedeutete. Man fühlte sich dreckig und trotzdem hatte es mich immer angemacht, die Macht zu spüren, die ich über diese Frauen hatte. Doch wo hatte es mich hingebracht? Ich war verdächtigt, jemanden vergewaltigt zu haben. Unwillkürlich schweiften meine Gedanken zu der Nacht in der Hütte am Lake Michigan. Wie geborgen ich mich gefühlt hatte. Wie sicher. Wie unglaublich das Gefühl gewesen war, mit Kat zu schlafen.

Die Tür des Friseursalons öffnete sich, das Mädchen kam hinaus und sah sich um.

»Fahr uns nach Hause«, sagte ich dann zu Danny, dieser nickte und trat schnell aufs Gas, bevor ich es mir anders überlegen konnte. Ich hatte mich für die Geborgenheit entschieden. Für die eine Frau. Für Kat.

KAPITEL 4
Kat

»Brauchen wir die wirklich alle?« Ich folgte Emma durch den riesigen Walmart und beobachtete, wie sie eine Sektflasche nach der anderen in dem großen Einkaufswagen verstaute.

»Na klaro«, lachte sie und ich schnaubte.

»Glaubst du nicht, dass es dort Alkohol zu kaufen gibt?«

Emma zog die Schulter hoch. »Was wir haben, müssen wir nicht kaufen.«

Misstrauisch beäugte ich, wie sie zwei große pinke Partyhüte in den Wagen schmiss, aus deren Spitzen gelbe Federn schossen.

Wir würden Silvester morgen an der Uni auf dem Baseballfeld feiern. Zuerst würde die Unimannschaft gegen irgendeine andere Mannschaft spielen, die ich nicht kannte, und dann gab es eine große Party auf dem Spielfeld. Nach dem Desaster an Weihnachten und der Trennung von Luce wollte ich Ablenkung. Und die konnte mir die Silvesterparty geben, da war ich mir sicher.

»Ich freue mich so, dass du mit dabei bist«, meinte Emma.

Ich lächelte, wusste aber, dass es nicht meine Augen erreichen würde. Dazu war mein Herz noch zu gebrochen.

Ich rieb mir die Augen, die letzten Nächte hatte ich

nicht gut geschlafen.

»Wie geht es dir Katty?« Emma tauchte mit einer großen Tüte Konfetti neben mir auf.

»Ich weiß immer noch nicht genau, wie ich mit der ganzen Sache umgehen soll.«

»Willst du nicht nochmal mit ihm reden?«

Ganz sicher nicht. Ich vermisste Luce zwar so schrecklich, dass dieser dumpfe Schmerz in meiner Brust in jeder Sekunde präsent war, sodass ich nachts nicht schlafen konnte, aber so konnte es nicht weitergehen.

»Er wird seine Ansichten nicht ändern, Emma.«

»Vielleicht findet ihr eine Lösung, ohne dass ihr euch aufgeben müsst.«

Während ich an einem Regal mit Luftschlangen und Piñatas vorbeiging und ein pinkes Einhorn hochhielt, dachte ich über ihre Worte nach.

»Schmeiß rein, das Ding«, freute sich Emma und ich ließ das Einhorn in den Einkaufswagen fallen.

»Da bin ich mir nicht sicher. Ich habe an dieses ›Uns‹ geglaubt. Mit vollem Herzen. Doch er wollte mich in seine Probleme nicht einbeziehen. Also frag ich dich, gab es jemals ein ›Uns‹?«

Emmas Blick lag traurig auf meinem Gesicht und ich versuchte, den Kloß in meinem Hals runterzuschlucken.

»Ich glaube, dass alles etwas zu viel für ihn war und dass er Angst hat, dich zu verlieren.«

»Er hat mich verloren, Em.« Es tat weh, es auszusprechen, doch ich stand hinter meiner Entscheidung.

»Glaubst du die Anschuldigungen denn?«

Wir näherten uns den Kassen und stellten uns hinter einem Pärchen an, das sich gerade liebevoll in die Augen sah.

»Ich glaube nicht, dass er sie vergewaltigt hat, Em. Aber auch die Tatsache, dass sie behauptet schwanger zu sein, will mir nicht so richtig in den Kopf gehen, obwohl er gesagt hat, dass er kein Kondom benutzt hat.«

»Dann müssen wir die Wahrheit herausfinden.«

Ich sah meine beste Freundin an und lächelte. »Das ist lieb von dir, Em. Aber nein. Er hat sich entschieden. Er will da alleine durch. Und das müssen wir akzeptieren. Ich muss jetzt an mich denken.«

Emma nickte und knuffte mich daraufhin mitfühlend in die Seite.

Als wir schließlich dran waren, häuften wir unsere Masse an Partyartikeln auf das Kassenband und quetschten sie dann in zwei Einkaufstüten. Wir verließen den Supermarkt und machten uns auf den Weg zum Auto.

»Der Kofferraum wird komplett voll sein, wenn wir all das verstauen.«

»So soll es sein«, lachte Emma.

Als sie sich hinter das Steuer gleiten ließ, sah sie mich lächelnd an.

»Komm, ich lad dich auf eine Pizza ein.«

****

Luce

Ich saß in einem Sessel in meinem Zimmer und starrte auf meine Bücherregale. In Gedanken sah ich Kat, wie sie davorgestanden hatte, um die Bücher anzusehen, als sie damals das erste Mal hier gewesen war. Wie sehr wünschte ich mir, zu ihr hinlaufen zu können, um sie zu umarmen und ihren Geruch in mich aufzunehmen, der mich leichter atmen lassen würde.

Ich konnte sie nicht aufgeben. Egal, was alles zwischen uns stand, ich musste versuchen, es zu reparieren. Wie konnte ich diese Trennung einfach so akzeptieren? Ohne zu kämpfen? Mit schwerem Herzen erhob ich mich und lief aus meinem Zimmer geradewegs ins Wohnzimmer.

Mein bester Freund saß auf dem Sofa, hielt einen Controller in der Hand und starrte auf den Flachbildschirm an der gegenüberliegenden Wand.

»Hey, Bro«, sagte ich, bekam jedoch keine Antwort. »Was spielst du?«

»Warte«, kam es abgehakt von Danny und ich musste grinsen.

Danny liebte es, auf der Playstation zu zocken.

»Yeah«, entfuhr es ihm dann plötzlich triumphierend und er reckte die Faust in die Luft.

»Hab ich dich endlich besiegt, du Versager.« Als er dann mit seinem Siegesgeheul fertig war, drückte er die Pause-Taste und wandte sich mir zu. »Was hast du gesagt?«

Wieder musste ich lachen. »Was du spielst?«

»Das neue Assassin´s Creed – Valhalla. Bro, das musst du unbedingt spielen, das ist mega.«

»Vielleicht, wenn du damit durch bist.«

Danny nickte, sah mich allerdings immer noch etwas komisch an. »Willst du auch ein Bier?«, fragte ich dann. »Ich gucke dir ein bisschen zu.«

Danny hob seine Flasche an, die er auf dem kleinen Wohnzimmertisch abgestellt hatte, um mir zu zeigen, dass er noch genug hatte. In der Küche nahm ich eine Flasche Bier aus dem Kühlschrank, die ich mit einer kurzen Handbewegung öffnete. Während des ersten Schluckes blieb mein Blick an einem Flyer hängen. In pinken Lettern stand da: Silvester Party, mit Glitter ins neue Jahr. Daneben war ein Einhorn abgebildet, das auf einer Rakete hockte und lachte.

Ich riss den Flyer ab und ging damit zurück ins Wohnzimmer.

»Gehst du hin?«, fragte ich Danny und hielt ihn hoch.

»Ja«, antwortete Danny bereits wieder ins Spiel vertieft.

»Mit Emma?«

Wieder ein Nicken, doch diesmal sah er mich fragend an. »Ist das klug, Luce?« Doch ich kam nicht dazu, zu antworten, denn in dem Moment klingelte es. Als ich Lucy vor der Haustür stehen sah, hob ich verdutzt die Augenbrauen.

»Was machst du denn hier?«, fragte ich ohne eine Begrüßung.

»Hallo, Bruderherz. Es ist auch schön, dich zu sehen.«

Lucy schob sich an mir vorbei und lief direkt in die Küche. Wie selbstverständlich öffnete sie den Kühlschrank und nahm sich eine Cola heraus.

»Was machst du hier?«, wiederholte ich meine Frage.

Lucy nahm einen Schluck von der Cola und stellte sie dann auf den Küchentisch. Kurzerhand schälte sie sich aus ihrem Wintermantel und hängte ihn über die Stuhllehne.

»Dieser Streit zwischen dir und Jacob, der war nicht unbedingt förderlich, weißt du.«

Ich zuckte die Achseln. »Er hat mich provoziert.«

Lucy seufzte frustriert und nahm dann am Küchentisch Platz. Ich ging zu ihr hinüber und tat es ihr gleich.

»Du lässt dich ja auch immer provozieren. Jacob weiß, was du alles für mich getan hast, Luce. Er weiß, dass du derjenige bist, dem ich mein Leben verdanke. Aber er hat Angst.«

Ich schnaubte und fuhr mir durch die Haare. »Wovor denn?«

»Davor, dass du mich wieder in diesen Abgrund ziehst.«

Ich starrte meine Schwester verständnislos an. Ich hatte sie aus allem rausgeholt. Ich war es gewesen, der für sie ins Gefängnis gegangen war. Wieso sollte er also Angst haben?

»Luce, seien wir doch mal ehrlich. Ich habe gedacht, gehofft, dass du durch Kat wieder ins normale Leben zurückkehrst. Mit ihr warst du wie ein anderer Mensch. Fast wie mein großer Bruder von damals. Jetzt ist es vorbei und ich lese in deinen Augen, wie sehr dich das fertig macht.«

Es versetzte mir einen Stich, als ich merkte, wie gut mich meine Schwester kannte. Vor ihr konnte ich nichts verbergen, deshalb hatte ich es auch nie versucht.

»Ich will Kat das nicht antun«, gab ich zu. »Deshalb wollte ich alles alleine lösen. Aus diesem Schlamassel wieder rauskommen. Doch genau das ist der Grund, wieso ich sie verloren habe. Jetzt habe ich nichts mehr, Lucy. Jetzt kann ich auch ins Gefängnis gehen.«

Nun sah ich, wie Wut in den grauen Augen meiner Schwester erschien.

»Sowas will ich nicht hören, Luce. Niemals wieder. Du bist nicht alleine und das wirst du auch niemals sein. Ich bin da. Danny ist da. Wir sind deine Familie. Und das mit Kat, das wird schon wieder. Vielleicht muss nur etwas Abstand zwischen euch sein, damit es wieder funktioniert.«

»Ich werde versuchen, nochmal mit ihr zu reden.«

Lucy nickte und nahm noch einen Schluck ihrer Cola. »Übertreib es aber nicht. Sie hat dich rausgeworfen. Sie hat sich entschlossen, ohne dich zu leben.«

Ich hob verständnislos die Augenbrauen in die Höhe. Wollte Lucy mir das ausreden?

»Ich will es dir nicht ausreden, Luce«, sagte sie, als hätte sie meine Gedanken gelesen.

»Aber ich bin auch eine Frau.« Sie fuhr fort, da ich nichts erwiderte. »Mach einfach langsam«, sagte sie und

42

ich nickte.

»Und versprich mir was, ja?«

Ich sah sie fragend an.

»Versprich mir, dass du im Februar auf meine Hochzeit kommst.«

Mein Herz wurde schwer bei dem Gedanken, vielleicht nicht dabei sein zu können. Stattdessen wieder im Gefängnis zu sitzen.

»Ich verspreche es. Und ich werde dich zum Altar führen, weil Dad es nicht kann.«

In Lucys Augen schimmerten Tränen und ich hoffte, sie nicht enttäuschen zu müssen.

KAPITEL 5
Kat

»Eine große Salamipizza mit viel Käse, bitte.«

Ein Kellner mit grau melierten Schläfen und einem herzlichen Lächeln auf dem Gesicht notierte Emmas Bestellung auf einem weißen Notizblock. »Prego.« Dann wandte er sich an mich. »Und für sie, Signorina?«

»Ich nehme die Pasta Pomodoro.«

»Molto bene, einmal eine Pizza Salame und Pasta Pomodoro für die Signorina mit den traurigen Augen.«

Ich starrte den Kellner kurz an und wandte dann den Blick von ihm ab, denn Hitze flutete mein Gesicht. Als er fort war, hob ich den Blick von der rot-weiß karierten Decke und mich traf ein wissender Blick aus Emmas Richtung.

»Siehst du, selbst der Kellner merkt, dass du Trübsal bläst.«

»Ist es nicht normal, Liebeskummer zu haben, wenn eine Beziehung auseinandergeht?«

»Ja schon, aber man muss auch dagegen ankämpfen und ganz wichtig, sich ablenken. Was glaubst du, warum ich dich hierher geschleift habe?«

Ich nickte und sah mich im Luigis um. Es war um die Mittagszeit vor meiner wöchentlichen Schicht im White Heaven, dem Brautmodengeschäft meiner Tante May.

Das Restaurant war gut besucht, viele kamen in ihren Pausen her, um eine Kleinigkeit zu essen.

»Hast du jetzt eigentlich genug Silvesterkram besorgt?«, fragte ich Emma und diese nickte.

»Ich denke schon. Ach, das wird so toll, Katty. Wir richten dich schön her, verbringen einen lustigen Abend zusammen mit unseren Freunden und starten gemeinsam in ein neues Jahr. Und schon an Neujahr, werden wir uns besser fühlen.«

»Du wirst hundertprozentig einen Kater haben«, lachte ich.

»Vermutlich.«

Der Kellner kam zurück an unseren Tisch und stellte vor uns je ein Glas Cola ab, das wir beim Eintreten in das Restaurant als Erstes bestellt hatten.

Ich hörte das Türglöckchen hinter mir und drehte mich zu dem Geräusch um. Als Bene, ein Freund von Emma, den sie vorhin kurzerhand eingeladen hatte, uns entdeckte, kam er freudestrahlend auf uns zu und beugte sich zu uns herunter, um uns in den Arm zu nehmen. Wie schön, dass er da war, ich hatte ihn schon länger nicht mehr gesehen.

»Hallo, Ladys.«

Bene hatte seine schwarzen Haare nach hinten gekämmt und trug wie so oft ein dunkles Bandshirt und eine gleichfarbige Hose dazu.

»Du bist zu spät, wir haben schon bestellt«, meinte Emma, doch Bene zuckte nur mit den Schultern. »Ich habe einen guten Grund.«

»Der da wäre?«, fragte Emma interessiert und er zeigte auf eine Person hinter sich.

Hinter ihm stand ein Junge mit frechen kurzen Haaren, deren Farbe mich an flüssige Schokolade erinnerte. Er sah mich mit strahlenden blauen Augen an und er lachte.

Ein leichter Bartschatten versteckte fast seine Grübchen, was wirklich ein Jammer war. Während er auf uns zu kam, bemerkte ich, dass er sehr groß war, doch das bereitete mir kein Unbehagen. Im Gegenteil, es war beruhigend.

Der Junge streckte mir seine Hand nach hin. »Hi, ich bin Adam King.«

Seine Berührung war warm und herzlich und ein Gefühl strömte durch meinen Körper, das die Kälte der letzten Tage ersetzte. War das Freude?

»Kat Mason.«

»Habt ihr noch ein Plätzchen für mich frei?«

Emma und ich nickten, woraufhin Bene und Adam sich zu uns an den Tisch setzten.

»Bist du ein Studienkollege von Bene?«, fragte ich, als er saß.

»Nein, sonst wären wir uns wohl schon viel früher begegnet. Ich bin sein Cousin und gerade hergezogen.«

»Wo kommst du her?«

»Texas.«

Ich machte große Augen.

Adam lachte und dieses Geräusch wärmte mir das Herz.

»Frag jetzt nicht wo mein Cowboyhut ist, diese Klischees.«

»Das wollte ich ganz und gar nicht fragen«, beteuerte ich und mir war klar, dass er mich durchschaut hatte. »Und was treibt dich hierher?«

»Ich habe mich dazu entschlossen, mein Studium hier weiterzuführen.«

»In welchem Hauptfach?«

»Literatur.«

Meine Augen wurden wieder groß. »Wirklich?« Ich lachte. »Das ist auch mein Hauptfach.«

»Zufälle gibt es.«

Kurze Zeit später erschien der Kellner wieder an unserem Tisch und nahm den Wunsch der Jungs auf. Pizza Hawaii für Adam und Spaghetti mit Pesto für Bene.

»Pizza mit Früchten? Was bist du denn für einer?«, bemerkte Emma und verzog das Gesicht. Adam lachte, sah jedoch in meine Richtung. Seine freundlichen Augen riefen irgendwo in meinem Körper ein Kribbeln hervor. Es war anders als die Gefühle, die ich bei Luce empfand. Bei Adam fühlte es sich leicht an. Schön.

»Was meinst du?«, fragte er mich direkt.

»Na ja, ich sag mal so: Wer bist du, dass du Hauptspeise und Nachttisch in einem isst?«

»Ein Genießer vielleicht?«

Emma lachte und ich verfing mich in Adams Blick.

Die Unterhaltung drehte sich hauptsächlich um ihn. Er erzählte von seiner Heimat Texas und dass Bene diesem Ort gar nichts abgewinnen konnte und er deshalb schon als Kind oft nach New York gekommen war, um ihn hier zu besuchen.

»Es ist einfach zu heiß da, wer soll das denn aushalten?«

»Du Grufti«, lachte Emma und knuffte Bene in die Seite.

»Und wo wohnst du?«, fragte ich Adam. »Mit Bene zusammen?«

»Gott, nein.« Bene stöhnte auf. »Das würde ich nicht aushalten, beim besten Willen. Dieser Kerl hat einen Putzfimmel.« Er zeigte auf Adam und dieser fing an zu lachen.

»Ich wohne mit meinen Vätern zusammen. Allerdings überlege ich, nach dem ersten Semester einen Platz im Wohnheim zu suchen.«

»Dann kann sich dein zukünftiger Mitbewohner ja glücklich schätzen, der hat immer eine saubere Wohnung«, sagte Bene lachend und trank ein Schluck.

»Wie alt bist du?«, fragte Emma Adam.

»21.«

»Und warum hast du dich für Literatur als Hauptfach entschieden?«, schaltete ich mich wieder ein.

»Mein Hobby ist das Lesen. Ich habe es mir zur Aufgabe gemacht, alle geschriebenen Bücher auf dieser Welt zu lesen.«

Obwohl ich diesen Jungen doch kaum kannte, faszinierte er mich sofort.

»Was ist mit dir, Kat? Warum hast du Geschichte als

Hauptfach gewählt?«

Ein Schatten musste über mein Gesicht gelaufen sein, denn er hob überrascht die Augenbrauen.

»Du musst es mir natürlich nicht erzählen.«

Ich schluckte und beschloss diesmal, Mut zu zeigen. »Ich bin nach dem Tod meiner Mutter und meines Großvaters hergezogen. Er hat mich dazu gebracht, Geschichten zu lieben und sie zu entdecken. Deshalb habe ich mich für dieses Hauptfach entschieden.«

Emma beobachtete mich sorgfältig. Sie wusste, wie schwer es für mich war, darüber zu reden.

»Die beiden wären sicher stolz auf dich.«

Diese Reaktion überraschte mich. Normalerweise reagierten die Menschen mit einem »Tut mir leid« oder »Mein Beileid«.

Adams Antwort gefiel mir besser und ich lächelte.

»Wie verbringst du Silvester?«, fragte ich ihn, denn ich spürte wieder seinen Blick auf mir.

Der Kellner hielt ihn vorerst von seiner Antwort ab, indem er uns das Essen auf den Tisch stellte. Mit hochgezogenen Augenbrauen beäugte ich Adam dabei, wie er sich genüsslich ein Stück Pizza nahm, auf der reichlich Ananas lag, und herzhaft hineinbiss. Dann sah er wieder zurück zu mir und lachte, höchstwahrscheinlich über meinen Gesichtsausdruck.

»Um deine Frage zu beantworten: Bene nimmt mich auf die NYU Silvesterfeier mit.«

»Dann sehen wir uns ja vielleicht.«, meinte ich,

wickelte mir dabei ein paar Nudeln auf die Gabel und schob sie mir in den Mund. Ein genussvolles Stöhnen entfuhr meiner Kehle.

»Das will ich doch hoffen.«

Diese blauen Augen strahlten Freude und Interesse aus und es fühlte sich so unbeschwert und leicht an, sich mit Adam zu unterhalten. Dies war der Augenblick, als ich begann, mich auf den Silvesterabend zu freuen.

KAPITEL 6
Kat

Silvester Abend

»Ach du Schreck«, entfuhr es mir, als ein rosa Pompon auf mich zugeflogen kam.

Emma und ich standen auf der Tribüne vor dem Baseballfeld und beobachten die hauseigene Mannschaft dabei, wie sie jubelnd ihre Kreise auf dem Feld drehten und sich gegenseitig feierten.

Emma lachte, riss mir den Pompon aus der Hand, den ich vom Boden aufgehoben hatte, und begann zu tanzen wie ein Cheerleader.

»Hast du nicht einen geeigneten Sport für dich gesucht? Da hast du ihn«, neckte ich meine beste Freundin.

Emma streckte mir die Zunge raus und wir sahen zu, wie das Baseballfeld zu einer Party-Location umgebaut wurde.

Die Jungs der Studentenverbindung hievten unter Ächzen ein großes Bierzelt zum Spielfeld und bauten es auf.

Inmitten des Platzes bauten die Mitglieder der Technik-AG eine Art DJ-Pult auf, so dass nach einiger Zeit Musik aus den Lautsprechern kam. Bei den ersten wummernden Bässen kreischten einige Mädels auf und weihten den Rasen als Tanzfläche ein. Überall neben dem Feld wurden Heizkörper aufgestellt, damit man nicht zu frieren begann, und ein paar Mädchen und

Jungen hängten Einhörner als Deko auf.

»Der Glitter fehlt«, meinte ich und in diesem Moment wurde ein Schwall pinkes Konfetti über mir ausgeleert.

Ein Schrei und ein gleichzeitiges Lachen entfuhren meiner Kehle. Hinter mir entdeckte ich Bene, der mich lachend in seine Arme zog. »Hier, dein Glitzer, wie bestellt.«

Mit meinem Party-Hut und dem funkelnden Kleid, das Emma mir aufgezwungen hatte, und dem ganzen bunten Konfetti sah ich aus wie eine Diskokugel.

»Danke«, lachte ich.

»Du siehst toll aus.« Adam erschien hinter Bene und seine blauen Augen blitzten.

»Vielen Dank.« Hoffentlich wurde ich nicht rot.

Ich freute mich, Adam wiederzusehen. Er sah gut aus in seiner dunklen Hose und dem schwarzen Jackett.

»Hier«, unterbrach uns Emma und gab Adam einen Haarreif mit der glitzernden neuen Jahreszahl. Mir schob sie ihn gleich in die von ihr mühsam gedrehten Locken.

»Schön, dass du da bist, Adam«, begrüßte Emma ihn und wandte sich dann an Bene, um ihm auch einen Haarreif auf den Kopf zu setzen.

»Wollen wir runter zur Tanzfläche gehen?« Adam deutete auf das Spielfeld und ich spürte ein leichtes Kribbeln an der Stelle an meinem Rücken, wo er mich berührte, um mich die Stufen hinunter zu geleiten.

Emma und Bene folgten uns.

Ich wusste nicht, was an diesem Jungen so besonders war, aber es bereitete mir Spaß, mich mit ihm zu unterhalten. Wir holten uns alle etwas zu trinken und suchten uns einen Platz nahe der Tanzfläche neben der Trainerlounge, wo die Piñatas hingen. Auch unsere Pinke konnten wir ausmachen, wir hatten sie dort vor Spielbeginn abgegeben.

»Willst du tanzen?«, fragte Adam dicht an meinem Ohr.

Ich nickte unwillkürlich und ließ mich bereitwillig auf die Tanzfläche ziehen.

Zu *Paper Rings* von Taylor Swift zog mich Adam an den Händen und wir wirbelten und hüpften über die provisorische Tanzfläche.

Ich ließ mich von diesem fremden Jungen mit seiner guten Laune anstecken und lachte aus vollem Halse. Er zog mich an sich, drehte mich in seinen Armen und warf mich zurück, so dass ich Emma kurz breit grinsend an der Bar sah. Neben ihr stand Danny. Er hatte einen Arm um sie gelegt und sie schmiegte sich an ihn. Eine Freude erfüllte mein Inneres, die beiden waren ein tolles Team.

»Du bist eine gute Tänzerin, Kat.«

Ich konnte nicht antworten, mir war die Stimme abhandengekommen. Ob wegen des Tanzes oder des Jungen vor mir? Das war mir nicht klar.

Dann fing ein langsames Lied an. Die Black Eyed Peas sangen *Where is the Love?* in einer langsamen Version und wie selbstverständlich wurde ich von Adam näher gezogen. Wir passten gut zusammen. Er konnte seinen Kopf auf dem meinen ablegen, wenn er wollte. Ich legte etwas zögerlich die Arme um seinen Hals und merkte, wie er seine um meine Mitte schlang. Es fühlte sich schön an, anders, aber schön. Mit dem Kopf an seiner Brust spürte ich die leichten Bässe und vergaß alles um mich herum. Mein Inneres füllte sich mit Wärme und Geborgenheit.

»Es fühlt sich gut an, dich im Arm zu halten«, flüsterte Adam mir ins Ohr und wiegte mich weiter in seinen Armen.

»Ja, es ist wirklich schön«, antwortete ich leise und meinte es so, wie ich es sagte. Diese Schwerelosigkeit nahm mich mit und zeigte mir, wie einfach es war, einem Mann nahe zu sein. Dass es ohne Komplikationen ging. Dass wir nur ein Paar auf der Tanzfläche waren, das sich leise zu der Musik bewegte. Es gefiel mir, in Adams Armen zu liegen. Ich blickte zu ihm auf und Adams blaue Augen fanden meine. In diesem Moment waren da nur wir. Das Lied verschwamm im Hintergrund. Mein Herz klopfte in der Brust und ich fühlte mich, als wären um uns herum keine Menschen mehr. Adam lächelte und kam noch etwas näher. Mein Blick wanderte von seinen Augen hinab zu seinem Mund. Als ich mich ihm entgegen lehnte, spürte ich seinen Atem auf meinem Gesicht.

»Was soll das denn werden?«

Eine Stimme riss mich aus unserem Tanz. O nein. Die kannte ich nur zu gut. Fort war die friedvolle Wärme, die ich eben noch gespürt hatte. Überraschung erschien auf Adams Gesicht und ich stoppte unseren Tanz, indem ich mich umdrehte und in Luces Gesicht blickte. Es waren nur ein paar Tage vergangen, seit ich ihn das letzte Mal gesehen hatte und doch sah er schlimmer aus denn je. Tiefe Ringe lagen unter seinen grauen Augen, die stumpf und leblos wirkten. Ein dichter Bartschatten verlief über seine Wangen und das Kinn, seinen Hals hinab. Selbst in diesem Zustand war er immer noch attraktiv. Die schwarzen Haare versteckte er unter einer dunklen Mütze und er trug einen Kapuzenpullover und die gerissenen Jeans, die ich so gern hatte, da man die Löwen-Tätowierung an seinem Oberschenkel durch-blitzen sah. Ich schluckte.

»Kat?«

Seine Stimme riss mich aus meiner Musterung. »Was?«

Er zuckte zusammen, als ich anfing zu sprechen, so als hätte er sich bei meinem Ton erschreckt. »Störe ich euch etwa?«

Luces Stimme wurde dunkler, es klang fast wie ein Knurren. Sein Blick glitt an mir vorbei, zu Adam. Dieser stand immer noch wie eine Mauer hinter mir und seine Hand lag auf meiner Schulter.

»Tust du, ja!«

»Ich wollte mit dir reden«, sagte er ausdruckslos.

Ich verdrehte die Augen. »Wieder? Es ist vorbei, Luce.«

Luces Blick glitt wieder weg von meinen Augen, rüber in das Gesicht von Adam.

»Würdest du uns einen Moment entschuldigen?«

Wieso dieser höfliche Ton? Am Abend der Geburtstagsparty von meinem Vater hatte er Peter, meinen Exfreund, mit Blicken fast getötet. Wieso war er jetzt so friedlich? Mein Herz begann zu schmerzen, bei dem Gedanken, dass dies nicht mal zwei Wochen her war und trotzdem alles in kleine Stücke zerbrochen war. Adam sah mich an, so als suchte er eine Zustimmung von mir, mich mit Sturmauge alleine zu lassen.

»Es dauert nicht lange, eigentlich haben Luce und ich für immer alles geklärt.«

Luces Augen begannen ärgerlich zu funkeln, doch er wartete, bis Adam – widerwillig – nickte. Ich fühlte Luces Hand an meinen Schulterblättern, als wir uns von Adam entfernten, doch ich warf ihm einen so grimmigen Blick zu, dass er sie sofort sinken ließ. Seine Berührung tat mir weh, denn sie ließ mich spüren, wie sehr ich es gewollt hatte, mit ihm zusammen zu sein, und wie schwer es mir fiel, ihn gehen zu lassen. Doch mein Entschluss stand fest. Er zeigte auf die provisorische Garderobe, die sich etwas abseits befand. Zögernd folgte ich ihm.

»Du hast dich ja schnell getröstet, Kat.«

»Was bildest du dir eigentlich ein, Snow? Immer wieder unterbrichst du irgendwas, was mir ein bisschen Normalität wiedergibt.« Die Wut hatte mich schreien lassen und ich hoffte, dass die Musik meine Stimme unterdrückte. Ich wollte nicht als Lachnummer des Campus ins neue Jahr starten.

»Wer ist der Kerl?«

»Das geht dich nichts mehr an, Luce.«

»Doch.«

Ich lachte kalt auf. »Hast du denn unser Gespräch vergessen? Wir beide waren mal ein ›Wir‹, doch das ist jetzt vorbei.«

»So schnell kannst du nicht darüber hinweg sein, Kat. Das geht nicht.«

»Wieso sollte es nicht gehen?«

Kälte und Schmerz kehrten in seine Augen zurück. »Es zerbricht mich«, begann er und seine Stimme war so leise, dass ich Schwierigkeiten hatte, ihm zu folgen. »Es ist mir egal, wenn ich in den Knast muss. Es ist mir egal, wenn dort wieder das passiert, das mich zu dem gemacht hat, der ich bin. Doch es zerbricht mich, dich nicht mehr an meiner Seite zu wissen.«

Ich schluckte. »Ich kann nicht.«

Es fiel mir schwer, ihn abzuweisen. Meine Gefühle waren nicht von einer auf die andere Sekunde fort, doch ich hatte mich entschieden. Er hatte klar und deutlich gesagt, dass er meine Hilfe nicht wollte.

Seine Brust hob und senkte sich schnell. »Kat, bitte. Wir bekommen das hin, wir müssen. Es gibt nur noch uns beide. Jemand anderen will ich nicht. Ich werde um diese Geschichte herumkommen. Ich werde nicht noch einmal in den Knast gehen, ich verspreche es.«

»Darum geht es nicht, Luce.«

»Ich weiß, es geht darum, dass ich dich von mir weggestoßen habe. Wieder mal. Aber doch nur aus dem Grund, weil ich dich nicht mit in mein dunkles Loch reißen will. Ich will nicht, dass du genauso leidest wie ich.«

Ich schüttelte den Kopf.

»Ich verspreche, dass ich es hinbekomme, Kat.«

»Wie kannst du das versprechen?« Ein Kloß voller Traurigkeit bildete sich in meinem Hals. Meine Gefühle für Luce, auch wenn ich noch so sehr versuchte, sie zu ignorieren, waren immer noch da.

»Wie könnte ich nicht? Ich liebe dich, Engelchen.«

Ich starrte ihn an. Er hatte diese Worte schon einmal gesagt. Damals am See in Wisconsin. Mein Herz war in dem Moment vor Glück übergesprudelt. Jetzt lag es in Scherben.

»Ich liebe dich auch, Luce.«

Sein Gesicht hellte sich auf, doch als ich weitersprach, verdunkelte sich sein Blick wieder.

»Ich liebe dich, ja. Aber ich muss an mich denken. Ich muss mich schützen, so wie ich es dir im Wohnheim gesagt habe. Ich möchte einen Partner haben, der mir vertraut. Der sich mir anvertraut und der mit mir versucht, eine Lösung zu finden, wenn es schwierig wird.«

»Und du wirst mit jemandem wie ihm glücklich?« Er zeigte in die Menge.

Er meinte Adam, das war klar.

»Vielleicht.«

Gequält sah er mich an und dann tat er etwas, womit ich nicht gerechnet hatte. Seine Hände schlossen sich um mein Gesicht und zogen mich an seine Lippen. Das Überraschungsmoment war auf seiner Seite, denn für den Bruchteil einer Sekunde erwiderte ich den Kuss. Schwamm in alter Vertrautheit, verlor mich in dem Geschmack, den ich so liebte und den ich nie wieder genießen würde. Ich schloss die Augen und ein Bild schoss in meinen Kopf. Ein Bild von uns beiden, wie es hätte sein können. Glücklich und zufrieden, ein Leben zusammen. Es verblasste, als ich die Augen wieder öffnete und mich von ihm löste.

»Du wirst immer ein Teil von mir sein. Du wirst immer der sein, den ich das erste Mal wirklich geliebt habe.«

»Engelchen?« Seine Stimme war gebrochen, so als kämpfte er mit seinen Emotionen. Mir liefen die Tränen unaufhaltsam die Wangen hinab.

»Pass auf dich auf, Luce. Bitte.« Er schloss für einen Moment die Augen und dann sah ich etwas anderes darin.

»Ich werde es wiedergutmachen. Ich werde nicht in den Knast gehen. Ich werde es schaffen, dass dieses Mädchen vor Gericht die Wahrheit sagt. Und, Katharina Mason.« Als er mich bei meinem vollen Namen nannte, erschauderte ich. Nur bei ihm hörte es sich nicht falsch an.

»Ich werde dich zurückgewinnen. Ich werde dir beweisen, dass ich es wert bin. Auch wenn du mit diesem Kerl zusammenkommst.«

Ich wollte ihn unterbrechen, ihm erneut sagen, dass der Grund für die Trennung eben diese Alleingänge waren, doch er hob die Hand.

»Mit ihm oder sonst wem. Ich werde immer da sein und dir zeigen, dass unser ›Wir‹ immer das Schönste ist.«

Unfähig etwas darauf zu erwidern, starrte ich ihn an.

»Kat«, rief Emma plötzlich neben mir. »Es ist gleich Mitternacht.« Mein Blick lag immer noch auf Luces Gesicht.

»Neuer Vorsatz fürs nächste Jahr, Engelchen.«

Fünf, vier.

»Ich werde es dir zeigen. Ich liebe dich und das ist alles, was ich wissen muss.«

Drei, zwei.

Mein Herz schlug heftig in meiner Brust.

»Ich werde immer da sein Kat. Ich gebe dich nicht auf.«

Eins.

»Frohes neues Jahr, Engelchen.«

Er legte noch einmal die Hand an meinen Hinterkopf und küsste mich rau und voller Sehnsucht. Ich konnte nicht anders und erwiderte den Kuss. Suchte Halt in seinen starken Armen und schmeckte seine Zunge, die mit meiner tanzte. Doch dann löste er sich von mir, drehte sich um und lief davon, verschwand einfach in der Menge. Jemand zog mich in die Arme. Es war Emma. Neujahrswünsche drangen zu mir durch, doch ich war immer noch in dem Gespräch zwischen Luce und mir gefangen. Adam erschien vor mir und zog mich in seine Arme.

»Frohes Neues, Kat. Auf viele gemeinsame Abenteuer.«

Ich nickte mechanisch, doch ein Satz hallte mir im Kopf immer wieder.

»Ich werde immer da sein, Kat. Ich gebe dich nicht auf.«

KAPITEL 7

Kat

»Schmecken sie nicht? Katty? Erde an Kat Mason, bitte kommen Sie aus ihrer Gedankenwelt hervor und beehren Sie mich mit ihrer Anwesenheit.«

Ich sah hoch in Emmas Gesicht.

»Sag mir nicht, du hast einen Kater?«

Ich schüttelte den Kopf, stoppte jedoch ruckartig, denn mir war schwindelig. Nicht vom Alkohol, keineswegs. Doch die Ereignisse auf der gestrigen Silvesterparty wirbelten meinen Kopf ganz schön durcheinander.

Mit dem Löffel stocherte ich in den Cornflakes herum. Emma und ich saßen beim Frühstück in einem Café auf dem Campus. Um uns herum war nicht viel los, nur einige Mädchen und Jungen saßen wie ein Schluck Wasser in der Kurve am Tisch und hielten sich den Alkohol berauschten Kopf. Nicht nur wir hatten wohl ein turbulentes Silvester gehabt.

»Willst du mir nicht mal erzählen, was da gestern passiert ist?«

Wieder schüttelte ich den Kopf. »Wenn ich das wüsste, würde ich es dir sagen.«

Meine Stimme hörte sich merkwürdig an. Ich ging den gestrigen Abend immer und immer wieder im Geiste durch. Erst war da Adam gewesen, der mir, obwohl ich ihn gar nicht kannte, das Gefühl gab, etwas Besonderes zu sein. Und dann war da Luce. Immer wieder war es Luce, der alles durcheinanderbrachte.

»Ich werde immer da sein, Kat. Ich gebe dich nicht auf.«

Ein Schauer lief mir den Rücken hinab, als ich an seine Lippen dachte, an den Geschmack seines Kusses. An die Sehnsucht, die er in mir auslöste. Würde er um mich kämpfen? Bestimmt meinte Luce es ernst, doch ich wusste, dass er nicht aus seiner Haut konnte. Er war ein Alleinkämpfer und das war ich nicht. Ich bereute meine Beziehung zu diesem besonderen Jungen nicht, doch ich wollte ihm auch keine weiteren Chancen mehr geben. Ich musste jetzt an mich und meinen Uniabschluss denken. Und ich würde Zeit mit meinen Freunden verbringen.

»Hallo, Ladys.«

Emma und ich zuckten zeitgleich zusammen, als eine männliche Stimme mich aus den Gedanken zog. Ich hob den Blick von meinen matschigen Cornflakes und sah in die blauen Augen von Adam.

»Hi«, brachte ich hervor und mein Körper begann zu kribbeln. Adam trug einen grauen Kapuzenpullover mit einem Spruch drauf. Ich konnte so etwas wie »Save the Dolphins« oder so erkennen.

»Wie geht es uns heute?«

»Mann o Mann, wie kann man an Neujahr so gut drauf sein?« Emma stöhnte neben mir auf und ich musste grinsen. Das war er tatsächlich. Er strahlte über das ganze Gesicht und seine Augen leuchteten so, als hätte er vier Nächte durchgeschlafen.

»Ihr seid es wohl nicht«, stellte er fest.

»Blitzmerker«, konterte Emma und biss von ihrem Pancake ab.

Adam lachte und wandte sich mir zu.

»Sag mal, ich wollte mir eigentlich etwas zum Frühstücken holen, als ich euch hier hab sitzen sehen. Ich würde dich gerne auf einen Kaffee entführen, Kat.«

Emmas Ellbogen landete schmerzhaft in meinen Rippen. Hatte ich ihn angestarrt? Verdutzt sah ich auf den halbleeren Kaffee, der vor mir stand.

»Jetzt? Ich habe schon einen«, sagte ich kleinlaut. Ich konnte immer noch nicht richtig denken.

»Aber der am Kaffeewagen schmeckt viel besser, sie kommt mit«, entschied meine beste Freundin für mich und ich war ihr dankbar dafür, denn ich wollte mehr von diesem Jungen erfahren. Trotzdem wusste ich nicht, ob der Kaffeewagen der richtige Ort dafür war. War es eine gute Idee, in Anbetracht der Erinnerungen, die sicherlich auf mich einstürzen würden? Aber hatte ich eine Wahl? Der Kaffee war der Beste, unbestritten, außerdem wollte ich Luce endlich loswerden. Es war Zeit, aktiv dagegen anzukämpfen. Zeit zu handeln.

Heftig schob ich den Stuhl zurück und schenkte Adam ein breites Lächeln.

»Wunderbar«, rief er und Emma lächelte.

»Ich bin aber nicht gerade gut angezogen dafür«, meinte ich. Die locker sitzenden blauen Jeans und den Hoodie mit der Aufschrift der NYU in Dunkelblau hatte ich heute Morgen aus dem Schrank gezogen, ohne darüber nachzudenken.

»Du bist wunderschön.« Verlegen sah ich bei der Ernsthaftigkeit in Adams Stimme zur Seite, zog mir meine Winterjacke über die Arme und folgte ihm aus dem Café. Wir durchquerten den großen Campus und spazierten über den kleinen Fußweg Richtung Südseite, wo sich auch mein Lieblingsort befand: die Bibliothek. Die Äste der Bäume, die die Wege säumten und die im Sommer so herrlich dunkelgrün in der Sonne schimmerten, machten ein beruhigendes Geräusch, wie sie so mit dem Wind tanzten.

»Geht es dir gut?«, fragte Adam mich, als wir eine Zeit lang schweigend nebeneinander hergegangen waren.

Ich nickte. »Es sind einige Dinge passiert, die mich etwas durcheinandergebracht haben, aber das ist vorbei.«

Jetzt nickte er, während er sich eine dunkle Mütze über die braunen Haare zog. Wir erreichten den Kaffeewagen, und als hätte ich es gewusst, strömten Erinnerungen auf mich ein, die ich ganz und gar nicht gebrauchen konnte. Hier hatte ich Luce zum ersten Mal gesehen, zum ersten Mal mit ihm geredet. Na ja, wir hatten uns eher gestritten als unterhalten, doch es war eine so starke Erinnerung, dass ich zu schaudern begann, weil es eine der intensivsten Begegnungen gewesen war, die ich je gehabt hatte. Hier war das erste Mal gewesen, dass ich in dieses Grau seiner Augen geschaut hatte, und ich hatte gleich gewusst, dass dieser Junge anders war. Ich seufzte, als wir uns hinter zwei Mädchen anstellten, die gerade ihre Bestellung an Gustav weitergaben.

»Hat es was mit diesem Typ zu tun? Dem von gestern?«

Beim Blick in Adams Augen wusste ich, dass ich ihn eh nicht täuschen konnte. »Den, den du geküsst hast?«

Ich erstarrte. Wie viel von der Begegnung mit Luce hatte Adam mitbekommen?

»Es ist nicht so, wie es scheint. Luce und ich, wir, wir ...« Ich stockte, um nach den richtigen Worten zu suchen. »Da war etwas, etwas Tiefes, etwas was mich erschüttert hat, bis tief in mein Herz. Doch er und ich, wir sind wie Feuer und Eis. Wir möchten gerne zueinanderfinden, doch es geht nicht, weil wir zu verschieden sind.«

»Es schien mir, als wäre er da anderer Meinung.«

Ich zuckte mit den Achseln. »Es spielt keine Rolle mehr.«

Als die beiden Mädchen mit ihrem Kaffee davongingen, traten wir an den Wagen.

»Hallo, Gustav. Ziemlich kalt, um hier draußen rumzustehen«, begrüßte ich den schlaksigen Jungen und dieser lächelte, während vor Kälte eine graue Wolke aus seinem Mund schoss.

»Ja, aber ich habe ja genügend braunes Glück, um mich aufzuwärmen.«

Gleichzeitig begannen Adam und ich über diese komische Wortwahl zu lachen, dann bestellte Ich mir einen großen Cappuccino und Adam orderte einen schlichten schwarzen Kaffee. Während wir auf unsere Bestellung warteten, fiel mein Blick wieder auf seinen Pullover, denn er trug die Jacke offen.

»Was bedeutet denn der Spruch?«

Adam bekam sofort dieses Funkeln. Es war Hingabe,

die ich in seinen blauen Augen las.

»Ich bin Teil einer Tierschutzorganisation namens Seabears. Es gibt uns überall in Amerika, selbst hier auf dem Campus habe ich ein paar Mitglieder kennengelernt. Wir setzen uns für die Meerestiere ein, die ohne Hilfe irgendwann nicht mehr existieren können, weil wir Menschen ihre Heimat immer mehr kaputt machen.«

Schon immer hatte ich Leute bewundert, die Feuer und Flamme für eine Sache waren.

Als wir unseren Kaffee in den Händen hielten und weiter auf dem Campus spazieren gingen, erzählte Adam mir, dass er mit der Organisation bereits in der Antarktis und in Norwegen gewesen war. Sie hatten es geschafft, eine illegale Fischfang-Gruppe zu entlarven, die unerlaubterweise nach Walen und Delfinen gesucht hatten.

Wie viel Mut in ihm steckte. Gebannt hörte ich zu, wie er von seinen beeindruckenden Abenteuern erzählte.

»Vielleicht möchtest du ja mal mit zu einem unserer Treffen kommen? Wir sehen uns immer wieder unsere Fortschritte in den verschiedenen Ländern an. Und es gibt Donuts.«

Ich lachte und automatisch, ohne es zu steuern, stimmte ich zu.

»Dann auf jeden Fall.«

Adam schien erfreut und wir entfernten uns immer weiter vom Kaffeewagen.

»Darf ich ehrlich sein?«, fragte Adam mich dann.

»Natürlich.«

»Ich frage mich, wie es sein kann, einem Menschen so vertraut zu sein, den man grade erst kennengelernt hat.«

Nickend trank einen Schluck von meinem Kaffee.

»Ich habe das Gefühl, ich kenne dich schon länger.«

Adam hielt kurz an und wandte sich mir zu.

Seine rechte Hand hob sich, um mir eine Strähne, die mir im Gesicht hängen geblieben war, hinter das Ohr zu streichen. Dann lächelte er wieder und seine Hand blieb auf meiner Wange.

»Was ist dein Lebensziel, Kat?«, fragte er und ich musste nicht lange überlegen.

»Ich möchte mal Historikerin werden, wie mein Großvater.«

»Ein schöner Plan.«

»Und du?«

»Tatsächlich wollte ich immer Lehrer werden. Ich wollte anderen immer Geschichten näherbringen, die mich selbst so fasziniert haben.«

Wir plauderten noch eine ganze Weile, bis mein Wohnheim vor uns erschien.

»Es war wirklich ein sehr schöner Vormittag«, gab ich zu und wurde mit einem frechen Grinsen belohnt.

»Ich hoffe, wir wiederholen das ganz bald.«

»Na klar und wir sehen uns ja auch morgen in Geschichte.«

Das Lächeln auf seinem Gesicht wurde breiter. »Ich kann es kaum erwarten.«

Als ich mich abwenden wollte, um die Haustür aufzuschließen, fühlte ich Adams Hand an meiner Schulter. Aus dem Augenwinkel entdeckte ich Luce mehrere Meter von uns entfernt und mein Herz stocke einen kleinen Moment. Er trug einen schwarzen Rucksack und hatte mich gerade bemerkt. Kurz sah ich zu ihm hinüber, doch entschlossen wandte ich mich wieder ab. Lächelnd sah ich zurück zu Adam.

»Ich weiß, wir kennen uns noch nicht lange, Kat. Ich weiß, dass diese Sache mit diesem schwarzhaarigen Riesen frisch vorbei und vielleicht in deinem Herzen noch nicht ansatzweise vorbei ist. Aber ich würde dich gerne besser kennenlernen und Zeit mit dir verbringen, wenn du das auch möchtest?«

Bei dem Blick in diese vertrauensvollen Augen dachte ich daran zurück, was Luce zu mir gesagt hatte.

»Ich werde dich zurückgewinnen. Ich werde dir beweisen, dass ich es wert bin. Auch wenn du mit diesem Kerl zusammen-kommst.«

Alles, was ich mit Luce erfahren hatte, alle Dinge, die mich glücklich und zugleich tieftraurig gemacht hatten, hatten mich zu diesem Punkt in meinem Leben geführt. Und dieses Kapitel war vorüber.

»Das würde ich sehr gerne, Adam«, sagte ich und schloss damit die Tür zu meinen Gedanken.

KAPITEL 8

Luce

»Name?«

»Snow.«

»Vorname?«

»Lucas.«

»Vollständiger Vorname?«

»Nur Lucas.«

Innerlich stöhnte ich, versuchte aber meine Laune nicht nach außen hin zu zeigen. Ärger hatte ich genügend. Ich stand am Empfang des Polizeireviers.

Hinter einer Glaswand saß eine blonde Frau mittleren Alters. Sie mied meinen Blick und starrte nur wie eine Maschine in ihren Bildschirm.

»Sind Sie sich da sicher?«, fragte sie, wieder ohne hochzusehen.

»Ich sollte wohl wissen, wie mein Name ist, oder?«

Noch in dem Moment, als ich es aussprach, wusste ich, dass es ein Fehler war. Die Frau stockte in ihrer Bewegung, hob den Kopf nun doch und schob ihre Brille zurecht. Ihre braunen Augen musterten mich.

»Sie sind nicht in der Position, dumme Kommentare zu geben, Mister ...«, ihr Blick huschte kurz zurück auf den Bildschirm,

»Mister Snow.«

»War nicht meine Absicht.« Die Entschuldigung ging mir schwer über die Lippen.

Immer noch lag ihr Blick auf meinem Gesicht. Ich hatte mich rasiert, die Haare gekämmt und trug ein hellblaues Hemd, das in meinem einzigen Paar schlichten schwarzen Jeans steckte.

Trotzdem merkte ich es, als ihre Augen das Tattoo an meinem Hals entdeckten.

»Also, Mister Snow. Vollständiger Vorname?«

»Nur Lucas.«

Die Frau tippte etwas in ihren Computer ein und sah dann wieder zu mir auf. Sie schob ein Papier zu mir hin und umkreiste eine Zahl darauf.

»Zimmer 3a, drittes OG. Bitte vor der Tür auf der Bank Platz nehmen bis Sie aufgerufen werden.«

Ich murmelte ein Danke, nahm den Zettel entgegen und ging Richtung Treppenhaus. Während ich die Stufen bis ins obere Stockwerk hinaufstieg, vibrierte mein Handy in der Hose.

Bevor ich die Tür zu den Korridoren durchquerte, um vor dem mir zugewiesenen Zimmer zu warten, las ich die Nachricht, die eben eingegangen war.

Danny: »Bro, wo bist du?«

Ich schrieb nur ein einziges Wort zurück. »Polizei.«

Das »Wieso hast du mir nichts gesagt?!« ignorierte ich und betrat stattdessen den Korridor.

Mit einem unguten Gefühl im Bauch nahm ich vor dem mir zugewiesenen Zimmer Platz.

Während ich wartete, überflog ich den Zettel, den mir die Empfangsdame überreicht hatte.

Fall 1256/A – Sawyer ./. Snow
Beginn: 9:00 Uhr
Geladen: Lucas Snow (Angeklagter)

Angeklagter, stand dort. Wieder war ich angeklagt. Wieder saß ich hier, bis auf die Tatsache, dass es diesmal Aussage gegen Aussage stand. Dass es außer ihrer Anschuldigung keine Beweise gab. Damals nach dem Überfall auf den Juwelier war ich sofort festgenommen und in den Knast gesteckt worden. Ohne einmal nach Hause zu dürfen, wurde ich verurteilt und meine Strafe musste sofort angetreten werden. Der Gedanke, all die Demütigung und die Erniedrigung im Gefängnis wieder neu zu durchleben, ließen mich schwer atmen. Es fühlte sich an, als würde ich von innen ausgesaugt werden, sodass nur noch eine leere Hülle übrig war. Das Schlimmste an der Sache war, diesmal würde ich nicht nur neun Monate sitzen.

»Snow, Lucas.«

Die Tür öffnete sich und ein Mann erschien im Rahmen. Mit einem trockenen Hals erhob ich mich. Zögerlich betrat ich mit dem Mann den Raum. Es war ein normales Büro, in dem ein großer Schreibtisch vor dem Fenster stand. Er deutete auf den Stuhl auf der anderen Seite des Tisches. Vor mir saß ein Mann mittleren Alters. Er trug ein blaues Hemd und fuhr sich durch das schüttere blonde Haar, als ich auf den Tisch zulief. Ich spürte den scharfen Blick des Mannes vor mir, der mich unter seiner Brille mit dem braunen Gestell prüfend ansah. Wieder dachte ich daran, dass es diesmal kein Diebstahl war, für den ich zur Rechenschaft gezogen werden sollte. Diesmal war es Vergewaltigung, etwas, das kein Richter für eine Lappalie halten würde.

Und dann ging es wieder los.

»Name?«

Ich räusperte mich.

»Lucas Snow.«

»Ist das ihr kompletter Name?«

»Ja.«

»Geboren am?«

»21.11.1999«

»Demnach sind Sie wie alt?«

»21«, antwortete ich.

Er lächelte und ich wusste, warum. Offiziell war ich volljährig und fiel nicht mehr unter die Jugendstrafe.

»Geboren in?«

»New York City.«

»Danke, Mister Snow. Nun komme ich zum Eigentlichen. Ich bin Detective Steve Braeuner. Sie wissen, warum Sie hier sind?«

»Es stand in dem Brief.«

»Und Sie sind allein hier?«

Ich nickte.

»Kein Anwalt?«

»Brauche ich einen?«, fragte ich.

»Nun.« Der Detective räusperte sich. »Verraten Sie mir, wo Sie am Tag des 13. Oktober letzten Jahres gegen 22:40 Uhr waren?«

»Bei einer Frau«, antwortete ich wahrheitsgemäß.

»Wie lautet der Name dieser Frau?«

»Maya.«

»Und weiter?«

»Den Nachnamen kenne ich nicht. Aber er stand auch im Brief, glaub ich.«

Der Detective stockte. »So. Und was war der Grund für den Besuch bei Maya?«

»Wir haben gevögelt.«

»Achten Sie auf Ihre Wortwahl«, kam es scharf aus dem Mund des Detectives.

»Wir hatten Geschlechtsverkehr.«

»Einvernehmlich?«

»Natürlich.«

»Wieso behauptet Miss Sawyer, so ist der Nachname, dann, dass Sie sie zum Geschlechtsakt gezwungen haben?«

Verunsichert starrte ich den Detective an. Ich versuchte, cool zu wirken, doch ich spürte, wie mir der Schweiß auf der Stirn stand. »Dazu kann ich nichts sagen. Wir haben uns nur für den Sex verabredet. Sie wollte alles so haben, wie es passiert ist.«

Der Detective schwieg und musterte mich von oben herab. »Ich möchte Ihnen etwas zeigen.«

Er wandte sich zur Seite und gab etwas in seinen Laptop ein. Nach einer Weile schien er fertig zu sein und drehte ihn in meine Richtung.

Als ich begriff, was meine Augen da sahen, wurde mir übel. Schweiß lief mir kalt den Rücken hinunter. War das wirklich ich gewesen?

Auf dem ersten Bild sah ich zwei Hände, deren Gelenke voller dunkler Blutergüsse waren. Die Flecke sahen aus wie Finger, die sich um die Gelenke gelegt hatten.

Das Bild zuckte wie Schatten durch meinen Kopf. Vor meinem inneren Auge sah ich, wie ich über das Mädchen gebeugt war und sie bäuchlings aufs Bett drückte. Meine Hände umfassten ihre Handgelenke fest, damit sie sich nicht bewegen konnte.

Ich schluckte, als er das nächste Bild zeigte. Nun sah man einen Rücken. Die schwarzen Haare waren über die rechte Schulter gelegt worden und über die Rippen zogen sich große und kleine Blutergüsse.

Auf dem letzten Bild war Bettwäsche mit kleinen Pferden abgebildet, mitten darauf prangte ein Blutfleck. Er war nicht sonderlich groß, doch er war da.

»Lösen diese Bilder etwas in Ihnen aus?«, fragte der Detective. Abscheu flackerte in seinem Blick und ich konnte es ihm nicht mal verübeln.

»Ich ...«

»Wollen Sie mir sagen, dass Sie damit nichts anfangen können?«

»Es war ihr Wunsch.«

»Glauben Sie das wirklich? Sie ist achtzehn! Glauben Sie, dass ein achtzehnjähriges Mädchen sich jemanden wie Sie nach Hause holt, um mit ihr solch harten Sex zu haben, dass ihr Körper danach grün und blau ist? Und zu guter Letzt auch noch ohne Verhütung, um mit einem fremden Mann ein Kind zu zeugen?«

»Ja«, brachte ich nur heraus, denn meine Kehle war staubtrocken.

»Möchten Sie jetzt eine Aussage machen oder haben Sie sich das mit dem Anwalt mittlerweile überlegt? Denken Sie daran, wenn Sie Ihre Unschuld nicht beweisen können, was nicht unbedingt realistisch für Sie ist, dann rechnen Sie mit einer Strafe von mindestens 10 bis 15 Jahren.«

Ich nickte. »Anwalt«, sagte ich.

»Gut, dann vertagen wir dieses Gespräch auf den heutigen Tag in einer Woche. Verlassen Sie in der Zwischenzeit nicht die Stadt. Sie werden nochmal eine Einladung erhalten. Bringen Sie diesmal Ihren Anwalt mit, Mister Snow. Sie brauchen ihn.«

Der Detective erhob sich und verließ ohne einen weiteren Blick den Raum. Der Mann, der mich schon in den Raum geführt hatte, berührte mich an der Schulter und ich zuckte unwillkürlich zusammen.

»Bitte verlassen Sie den Raum.«

Mit wackeligen Beinen erhob ich mich schließlich vom Stuhl und ging in Richtung Ausgang.

Ich sah wie durch einen Tunnel. Immer wieder huschten die Bilder in meinem Kopf hin und her, die der Detective mir gezeigt hatte. Als die Tür sich hinter mir schloss, lehnte ich mich rücklings dagegen. Hinter meinen Augen begann es zu flackern und ich fühlte, wie mein Bewusstsein wegdriftete. Doch plötzlich berührten mich zwei Hände an der Schulter.

Verschwommen sah ich das Gesicht von Danny vor mir. Ich wollte etwas sagen, doch ich konnte nicht. Zu den Bildern von dem Mädchen schob sich mein altbekannter Albtraum. Bilder aus dem Knast. Bilder, die bald wieder Realität werden würden.

Danny sagte etwas, doch das Rauschen in meinen Ohren wurde immer lauter. Er führte mich weg von der Tür und erst, als frischer Wind auf mein Gesicht traf, atmete ich ein.

»Luce?«, drang es durch den Schleier meiner Panikattacke.

»Ich bin am Arsch, Danny. Eine Woche und ich bin wieder im Knast. Wenn Sie ihre Anzeige nicht zurücknimmt, dann habe ich keine Chance.«

»Wir besorgen dir einen Anwalt.« Ich nickte, doch ich wusste, es war verloren. Alles. Ich würde in die Hölle zurückgehen, aus der ich gekommen war und nach den Bildern, die ich heute gesehen hatte, hatte ich das verdient. Allein nur, weil ich einem Mädchen solche Verletzungen zugefügt hatte. Auch wenn es von ihr so gewollt war. Ich hatte nur eine Chance, um alles umzudrehen. Um Kat wieder zurückzugewinnen und das Leben zu retten, was ich so unvorsichtig aufs Spiel gesetzt hatte. Ich musste Maya Sawyer finden und sie zur Rede stellen. Rausfinden, warum sie mir das antat. Es war ein Hindernis, das ich aus dem Weg räumen musste, damit ich anfangen konnte, um Kat zu kämpfen.

KAPITEL 9

Luce

Ein paar Stunden später saß ich mit Danny in seinem SUV und starrte auf das Haus, das ich vor Monaten das erste Mal betreten hatte. Anders als das letzte Mal, als ich hier gewesen bin, würde ich heute den Mut haben zu klingeln.

Nun war ich wieder hier. Anders als letztes Mal saß ich nicht am Steuer und neben mir saß nicht Maya Sawyer, sondern Danny.

»Wie wollen wir das anstellen?«, fragte er mich, doch ich fühlte mich nicht dazu im Stande zu antworten. Diese Anhörung hallte immer noch in meinem Kopf wider.

»Wir klingeln einfach«, sagte ich dann und öffnete die Autotür, um auszusteigen.

Im Hellen schien das Haus kleiner als in meiner Erinnerung. Würde sie da sein? Ich hoffte es.

Ich hörte hinter mir, wie Danny seine Tür ebenfalls schloss, als ich auf das Haus zuschritt. Wir durchquerten einen kleinen Garten, dessen schneebedeckter Rasen im sonnigen Licht weiß schimmerte.

Dann starrte ich auf die Klingel.

»Was soll ich sagen? ›Hallo, kennst du mich noch? Ich bin der, dessen Leben du gerade zerstörst‹?«

Ich sah zu meinem besten Freund hinüber, der sich durch die Haare fuhr.

»Wir entscheiden spontan, was wir sagen«, meinte er

und drückte in dem Moment auf die Klingel.

Wir warteten und es schnürte mir die Kehle zu. Als sich dann die Tür öffnete, stand dort nicht Maya Sawyer. Es war eine ältere Frau, groß gewachsen und mit langen schwarzen Haaren, die sie in einem Dutt auf dem Kopf balancierte.

»Ja bitte?«

Die Frau, die höchstwahrscheinlich Mayas Mutter war, begutachtete uns neugierig.

»Hallo, Mrs Sawyer?« Ich räusperte mich, denn meine Stimme drohte zu versagen.

»Ja, die bin ich.«

»Ich bin ein Freund von Maya. Ist sie vielleicht zu Hause?«

Sie begann ihre Musterung in meinem Gesicht, hinab zu der Tätowierung, die an meinem Hals zu sehen war, bis hin zu meinem dunklen Parker und den Biker Stiefeln, die ich trug. Zum Glück hatte ich mich für die Anhörung etwas anständiger angezogen. Doch ich wusste, dass ich nicht der Typ Mann war, den sie sich als Freund für ihre Tochter vorstellte.

»Was möchtet ihr denn von ihr?«, fragte sie misstrauisch und ich konnte ihr das nicht mal verübeln.

»Wir sind mit ihr zur Schule gegangen und planen ein Klassentreffen. Wir möchten sie dazu einladen«, schaltete sich plötzlich Danny ein und ich war ihm dankbar dafür.

»Oh, wie nett.« Sie stockte.

»Sie ist nicht da, aber wollt ihr trotzdem kurz reinkommen?«

Wir nickten und folgten Mrs Sawyer in den Wohn-bereich des Hauses. Es war gemütlich eingerichtet. Eine große Sofalandschaft befand sich in der Mitte des Raumes und es gab einen Kamin an der gegenüber-liegenden Wand, in dem ein Feuer brannte.

»Möchtet ihr einen Kaffee?«

Ich lehnte dankend ab.

»Haben Sie auch Tee?«, fragte Danny und sie nickte lächelnd.

»Natürlich, ich bin gleich wieder da.«

Sie verschwand in einem anderen Zimmer, wo vermutlich die Küche war.

»Tee dauert länger als Kaffee«, sagte Danny, sobald Mrs Sawyer den Raum verlassen hatte. »Mehr Zeit zum Umsehen.«

Mein Blick wanderte durch das Zimmer. In einer Vitrine standen Pokale, die ich bei näherer Betrachtung als Bowling-Trophäen identifizierte. Auf dem Kamin-sims standen verschiedene Bilder in verschnörkelten Rahmen. Eines zeigte die Familie im Garten: Mr und Mrs Sawyer und vor ihnen stand die kleine Maya. Dass sie es war, konnte man gut an den damals schon langen schwarzen Haaren erkennen. Mein Blick glitt weiter zu einem anderen Bild. Es war ein Highschool-Abschluss-foto, wie es im Buche stand. Außer vielleicht, dass Maya mit ihrem schwarzen Haar und dem schwarzen Kleid nicht so aussah wie die üblichen Mädchen bei ihrem Abschluss. Sogar die Blume um ihr Handgelenk bestand aus tiefroten Rosen. Mein Blick wanderte zu dem Jungen. Er hatte jugendliche Züge, hielt besitzergreifend den Arm um sie und lächelte in die Kamera. Ich wusste nicht woher, aber er kam mir irgendwie bekannt vor.

»Maya ist ausgezogen.« Mrs Sawyer zerriss meine Gedanken und ich drehte mich zu ihr um.

»Wieso? Und seit wann?«

»Es ist nicht sehr lange her. Ein, zwei Monate.«

In meinem Kopf ratterte es. Ich war im Oktober aus dem Gefängnis entlassen worden und im November hatte ich wieder an der Uni angefangen. Mit Maya hatte ich etwa Mitte Oktober was gehabt, das hieß, sie musste kurz nach unserer gemeinsamen Nacht ausgezogen sein. Aber warum? »Und wo ist sie hin?«

»Sie hat uns nur einen Brief hinterlassen, dass sie sich ein neues Leben aufgebaut hat. Dass sie jemanden hat, dem sie vertraut und mit dem sie zusammengezogen ist.«

»Wissen Sie, wer das ist?«

Mayas Mutter schüttelte den Kopf und nahm auf der Couch Platz. In den Händen hielt sie ihre Tasse Tee.

»Mayas Beziehung zu uns war noch nie die Beste. Wir wollten, dass sie es gut hat. Dass sie jemanden aus gutem Hause findet, mit dem sie dann eine Familie gründen kann. Maya hatte aber schon immer ihren eigenen Kopf.«

Immer noch versuchte ich, alles in einen Zusammenhang zu bringen.

»Das heißt, Sie wissen wirklich nicht, wohin sie gegangen ist?«, fragte Danny dann.

Mrs Sawyer schüttelte den Kopf. »Leider nicht, aber Sie können die Einladung gern hierlassen. Vielleicht meldet sie sich ja. Man soll die Hoffnung nicht aufgeben.«

Danny und ich sahen uns an.

»Welche Einladung?«, fragte ich und Mrs Sawyers Augenbrauen hoben sich verwirrt.

»Die zum Klassentreffen?«

»Oh, ja klar. Wir haben sie nicht dabei, wir wollten Maya persönlich einladen.«

Sie wirkte noch etwas verunsichert. »Das ist nett von euch und es tut mir leid, dass ihr keinen Erfolg habt.«

Danny trank seinen Tee aus und dann verabschiedeten wir uns wieder von ihr.

»Falls ihr etwas von ihr hört, dann meldet euch gern nochmal bei mir, ja?«

Während wir auf den SUV zugingen, stand sie noch lange in der Tür und sah uns hinterher.

Auf dem Weg nach Hause fingen Danny und ich an zu diskutieren.

»Was ich nicht verstehe, ist, wieso sie plötzlich all ihre Zelte abbricht, auszieht und den Kontakt zu ihren Eltern abbricht?«, meinte Danny und ich gab ihm Recht.

»Ja, um mich dann kurze Zeit später bei der Polizei

anzuzeigen.«

»Das ergibt alles keinen Sinn.«

Vergebens versuchte ich, die Informationen in meinem Kopf zu ordnen.

»Und was willst du jetzt machen?«

»Morgen werde ich erstmal wieder zur Uni gehen.«

Danny hob die Augenbrauen. »Ach, wirst du das?«

»Ich glaube, es ist für mich von Vorteil, wenn ich nicht auch noch meinen Uniabschluss gefährde.«

Danny nickte. »Und vielleicht, kannst du Kat damit zeigen, dass du es ernst meinst.«

»Ich werde mich zurücknehmen, aber ich werde trotzdem versuchen, da zu sein. Ich will ihr zeigen, dass auch ich ein Musterstudent sein kann und zu ihren anderen Freunden passe.«

»Kannst du das denn?« Danny lachte.

»Besser als dieser Typ, mit dem sie an Silvester fast rumgeknutscht hat und mit dem sie gestern unterwegs war.«

»Was denn für ein Typ?«

»Keine Ahnung, genau unter die Lupe nehmen konnte ich ihn noch nicht. Aber ich werde nicht zulassen, dass er sie mir wegnimmt.«

KAPITEL 10

Kat

»Kann mir einer sagen, aus welchen Gründen Rom und Makedonien politische Gegner wurden?«

In der vordersten Reihe schoss eine Hand hoch und ein braunhaariges Mädchen beantwortete die Frage von Professor Heath.

Zu meiner Rechten saß nun Adam im Geschichtsseminar statt Luce.

Sein Blick war auf den Professor gerichtet und er verfolgte die Antwort der Studentin, die sich zu Wort gemeldet hatte.

Er trug einen grauen Strickpullover und schwarze Jeans. Seine Haare waren durch eine Wollmütze komplett verwuschelt. So einladend, dass man gern einmal mit der Hand darin verschwinden würde. Ich unterbrach meinen Gedankengang, denn ich war mir nicht sicher, welche Haare ich gerne mit der Hand streicheln wollte. Adams oder Luces?

»Na, was ist so spannend?«, fragte Adam, immer noch das Gesicht nach vorn gerichtet. Über seine Lippen huschte ein kleines Lächeln.

»Hast du Lust auf Mittagessen mit Emma, Bene und mir?«, fragte ich ihn spontan aus dem Bauch heraus.

»Na sicher.« Adam sah mich an und lächelte. Diesmal war es so herzlich, dass es seine blauen Augen zum Strahlen brachte.

»Was machst du am Wochenende?«, flüsterte er.

»Noch nichts.«

»Dann hast du jetzt was vor.«

Ich grinste.

»Sie sind zu spät«, hörte ich Mister Heath sagen und ich blickte in dem Moment auf, als Luce den Raum betrat.

»Sorry«, murmelte dieser und bahnte sich den Weg durch die Tische nach hinten, geradewegs auf seinen Platz zu. Auf dem jetzt Adam saß.

»Hey, hey, eine Sekunde. Was machen Sie hier überhaupt? Die Direktorin sagte mir, Sie wären kurz davor, von der Uni zu fliegen.«

»Kurz davor trifft es genau«, kam es von ihm, während er durch die Reihen ging.

Was trug er da eigentlich? Ein hellblaues Hemd und dunkle Jeans. Hatte ich ihn jemals so anständig gekleidet gesehen?

Luces Haare waren gekämmt und der Bartschatten auf den Wangen war verschwunden. In den Sturm-augen las ich Entschlossenheit und mein Körper reagierte prompt darauf. Neugierde strömte durch ihn hindurch, bevor ich mir in Gedanken rufen konnte, dass es mich nichts mehr anging.

Als er an unseren Tisch kam und Adam erblickte, entdeckte ich etwas in seinen Augen, das ich nicht zuordnen konnte. Er sah mich an und mein Herz schlug schneller in meiner Brust. Es war, als spürte ich seine Lippen immer noch auf meinen.

»Du sitzt auf meinem Platz.«

Seine Stimme war selbstsicher und angriffslustig.

»Jetzt ist es meiner«, konterte Adam und ich machte mich schon auf einen Streit gefasst, denn was anderes kannte ich nicht von dem schwarzhaarigen Jungen vor mir. Doch Luce blickte nur an Adam vorbei zu mir. Ich las in seinen Augen, dass es ihm nicht passte, dass Adam sich auf diesem Platz befand.

»Mr Snow, wenn ihr üblicher Sitzplatz besetzt ist, den sie ja sowieso nicht oft in Anspruch genommen haben, suchen Sie sich einfach einen anderen.« Mr Heaths Stimme war ungeduldig.

»Hier ist was frei«, kam es dann von Susi Cornelley, die ich hasste, weil sie sich billig gab und sich von Luce etwas versprach, was er ihr nicht geben würde. Doch das, was er ihr geben konnte, verursachte mir Übelkeit.

»Setzen Sie sich, Mister Snow oder verlassen Sie mein Seminar.«

Luce taxierte den Platz neben Susi und gab sich wohl oder übel geschlagen, sodass ich seinen Blick brennend in meinem Rücken spürte.

Als das Seminar zu Ende war, verließen Luce und Susi zusammen den Raum. Adam und ich folgten ihnen etwas später, da ich es unbedingt vermeiden wollte, die beiden in irgendeiner Situation zu stören. Doch als ich den Raum verließ, hatte Luce sich vor Susi aufgebaut und redete auf sie ein.

Leider verstand ich nicht, was sie sagten, doch es schien mir, als würde Luce seinen Standpunkt klarmachen.

Ein paar Wortwechsel später drehte er sich gerade von

Susi weg, als ich mit Adam an ihnen vorbeigehen wollte.

»Hallo, ihr zwei.«

Verärgert musterte ich den schwarzhaarigen Riesen neben mir. Ich glaubte, mich verhört zu haben.

»Wohin geht ihr?«, fragte Luce.

»Das geht dich gar nichts an«, antwortete ich knapp und Luce lächelte. Doch dieses Lächeln war nicht echt. Das wusste ich.

»Ich nehme mal an Mittagessen? Darf ich mich euch anschließen?«

»Verarsch mich nicht, Snow, und verzieh dich«, zischte ich.

»Schließ dich uns ruhig an.« Jetzt heftete sich mein Blick auf Adam.

Auch Luces Blick glitt rüber zu Adam und dieser wandte sich Luce direkt zu. »Der Bessere wird eh gewinnen, ich habe nichts zu verlieren.«

»Soll das eine Herausforderung sein?«, fragte Luce dann und Adam nickte grinsend.

»Wenn du es so sehen willst.«

Ich blickte zwischen den beiden Jungs hin und her und versuchte, zu verstehen, was da gerade passierte. Luce wollte also wirklich kämpfen. Sollte er sich doch die Zähne an Adam ausbeißen. Mein Standpunkt war klar gesetzt.

»Gerne«, erwiderte Sturmauge mit seinem Hallo-ich-bin-da-Lächeln und so erreichten wir zu dritt den Speisesaal der Uni und steuerten unseren Stammtisch an, an dem Emma und Bene saßen. Beide schauten zuerst mich an, dann ging der Blick zu Luce und Adam hinüber.

Emmas Augen fragten mich, wie das sein konnte, und ich gab ihr zu verstehen, dass ich es ihr später erläutern würde. Ich nahm neben Emma Platz und kurz entfachte ein Machtkampf, wer sich auf den freien Stuhl neben mich setzen durfte. Adam gewann diesen Wettbewerb, sodass Luce mir gegenüber Platz nahm.

»Was willst du hier, Kuhfladen?«, spie Emma hervor und ich schaute sie entsetzt an.

»Kuhfladen?«, fragte Luce belustigt.

»Ja, weil nur noch die Fliegen an dir gefallen haben.«

»Verstehe.« Immer noch lachte er.

»Also?«

»Ich esse Mittag«, sagte Luce.

»Aber nicht mit uns.«

Er sah langsam in alle unsere Gesichter. »Na ja, schon.«

»Verpiss dich hier, hier gibt es keine weiteren Mädchen, die sich von dir schwängern lassen wollen.«

Und da war sie plötzlich wieder, diese Angriffslust in seinem Blick.

Er sagte nichts, sondern starrte Emma nur ruhig an, als wäre er gerade woanders.

»Luce?«, raunte ich, da zuckte er leicht zusammen und blickte zu mir rüber. Es war ein kurzer Moment, in dem ich hinter die Streitlust in seinen Augen schauen konnte. Es lag nicht nur Herausforderung darin, sondern auch Schmerz, Traurigkeit und Angst. Irgendetwas war geschehen, doch es interessierte mich nicht mehr.

Was hatte Luce nochmal an Silvester zu mir gesagt? Dass er mir beweisen wollte, dass er der Richtige für mich war. Diese Show, die er abzog, war wohl ein Teil von seinem Plan, doch dieser Anblick, Luce hier am Essenstisch, war für mich nur absurd.

»Am Samstag empfehle ich dir bequeme Klamotten«, sagte Adam neben mir und ich war dankbar für diese Ablenkung.

»Was machen wir denn?«, fragte ich und Emma schaltete sich ein.

»Ist das ein Date?«

»Ich hoffe es. Aber du kannst gerne mit Danny auch mitkommen. Es ist aber eine kleine Überraschung.«

»Klar. Katty und ich lieben Überraschungen«, kam es übertrieben freudig von Emma und nun stieß ich sie mit dem Ellbogen in die Seite. Luces Blick lag auf meinem Gesicht, das spürte ich. Als ich aufsah, sagte mir das Grau, dass es ihm überhaupt nicht passte, was hier geschah.

»Wir treffen uns Samstag um 9:00 Uhr vor eurem Wohnheim.«

Alle nickten, nur Luces Blick war keinen Zentimeter von meinem Gesicht gewichen.

****

Nach dem eher unangenehmen Essen verschwand ich mit meinen Notizen über meine Hausarbeit in

Geschichte in der Bibliothek. Ich entschied mich für den Platz am Fenster. Dort war man abgeschieden von den anderen Tischen und man konnte ab und zu hinausschauen und die Menschen beobachten, die sich auf dem Campus tummelten. Es war für Anfang Januar zwar kalt, jedoch schien oft die Sonne, sodass New York sich in diese glitzernde Schneekugel-Stadt verwandelte.

Ich winkte einem Kommilitonen zu, der sein Gesicht in ein Jura Buch steckte, und kramte selbst, am Tisch angekommen, das Buch über die spanische Inquisition heraus, denn dies war das Thema meiner Hausarbeit. Mr Heath hatte uns eine Frist bis Ende Januar gegeben, was ich durchaus schaffen würde. Es gab ja keine Ablenkung in Person eines schwarzhaarigen Jungen mehr.

Ob Luce mittlerweile von der Uni geflogen war? Klar, er war zwar heute im Seminar von Mr Heath gewesen, doch die Direktorin hatte ihm ein genaues Datum genannt, an dem er wieder an der Uni erscheinen sollte. Dieses war schon lange überschritten. Außerdem hatten Luce und ich gerade mal eine Nachhilfestunde gehabt, bevor alles zwischen uns aus dem Ruder gelaufen war. Keine Ahnung, ob er den Stoff überhaupt ohne Hilfe aufholen konnte.

Was sollte ich davon halten, dass Luce nun versuchte, sich in meinen Freundeskreis zu mogeln? Klar, er konnte es versuchen, aber die Zeit würde ihm zu verstehen geben, dass er sich in eine Sackgasse verrannt hatte. Dann plötzlich verpasste ich mir einen verbalen Faustschlag. Verdammt noch mal, Kat. Jetzt saß ich hier und obwohl ich genug zu tun hatte, schweiften meine Gedanken schon wieder zu Luce zurück.

Entschlossen schlug ich das Buch auf und begann zu arbeiten. Immer wenn ich in der Bibliothek arbeitete, vergaß ich die Zeit. So kamen immer wieder Personen an meinen Tisch, die mir einen schönen Abend wünschten oder einfach nur ein gutes Gelingen weiterhin. Es wurde spät, doch das störte mich nicht. Je stiller und später es in der Bibliothek wurde, desto konzentrierter konnte ich arbeiten.

»Sagt das Gesundheitsministerium nicht, dass zu lange Lernen die Gehirnzellen absterben lässt?«, hörte ich die Stimme von Sturmauge sagen.

Ich hielt mitten im gelesenen Satz inne und versteifte mich. Dann merkte ich, wie eine Dose Red Bull auf mich, zugeschoben wurde.

»Vielleicht verleiht es dir Flügel, mit denen du hier rausfliegen kannst oder sie helfen dir einfach beim Kampf gegen die Müdigkeit.«

Immer noch starrte ich auf mein Buch, ohne aufzusehen. Vielleicht ging er ja wieder, wenn man ihn ignorierte.

»Hey, komm schon, das war einer meiner besseren Sprüche.«

Jetzt reichte es. »Ist dein neues Hobby Stalking?«, fragte ich Luce und sah ihm entschlossen in die grauen Sturmaugen.

Er streckte mir eine Bäckertüte entgegen. »Da sind zwei Blaubeer-Muffins drin. Zucker braucht das Hirn.«

»Ich will deine Muffins nicht, Luce.«

»Sicher? Sie sind direkt von Gustav, dem netten Typ vom Kaffeewagen, du erinnerst dich?«

Ungewollt dachte ich wieder an den Tag zurück, an dem ich Luce kennengelernt hatte. Noch vor ein paar Wochen war es der glücklichste Tag gewesen.

Ich starrte auf die Tüte.

Es würde nicht schaden, etwas zu essen. Und ich liebte Blaubeer-Muffins. »Danke. Leg sie einfach da hin.«

Er tat wie befohlen, doch entfernte sich trotzdem nicht von meinem Tisch.

»Ist noch was?«

»Willst du Gesellschaft?«

Ich erhob mich abrupt von meinem Stuhl und sah ihn finster an.

»Nein. Nein. Nein.«

Das war laut. Zu laut, ich hörte von weiter entfernt ein scharfes »Psssst«.

Luce begann zu lächeln. Dieses Lächeln, das bis zu seinen Augen reichte und mich tief in meinem Inneren berührte. Murmelnd flüsterte ich eine Entschuldigung und verließ meinen Tisch. Ich ließ Luce stehen und ging zu den großen Regalen mit den ganzen Büchern, die mir bisher immer Trost gespendet hatten.

Aufgeregt tigerte ich an den großen, ledergebundenen Büchern vorbei, streifte ihre Rücken und schloss für einen Moment die Augen, um mich zu sammeln.

»Du kannst mich nicht schon vergessen haben, Engelchen.«

Erschrocken riss ich die Augen auf, als die leise Stimme an meinem Ohr ertönte.

»Vergessen vielleicht nicht. Aber ich bin dabei, über dich hinweg zu kommen«, flüsterte ich zurück.

»Ich vermisse dich.« Seine Stimme war leise und doch klar.

»Nein.«

»Sag nicht Nein, nur damit ich gehe.«

»Du weißt wie ich dazu stehe.«

»Ja.«

Er stockte und ich hoffte, dass er gehen würde. Stattdessen spürte ich eine Berührung an meinem Hals. Luces Finger strichen hinauf zu meinem Ohr und dann fühlte ich wieder seinen Atem auf meiner Haut.

»Wie können wir voneinander getrennt sein, wenn doch zwischen uns eine gewisse Anziehung ist.«

»Ich lasse meinen Körper nicht mehr entscheiden.«

Er lachte leise, ich spürte die Vibration seines Körpers an meinem. »Dann lass dein Herz entscheiden.«

Das besagte Organ klopfte so stark in meiner Brust, dass ich mich kaum konzentrieren konnte.

»Mir passt es nicht, dass du mit diesem Adam verkehrst.«

»Er ist nett.«

»Du weißt, was nette Jungs sind?«

»Nett.«

»Langweiler.«

Verärgert fuhr ich herum, was eine miese Idee war. Nun standen wir dicht an dicht voreinander. Ich spürte seinen Atem an meiner Wange. Seine Hände berührten meine Oberarme.

»Fehle ich dir denn auch?«, fragte er ohne Schalk in der Stimme, als wollte er dies wirklich wissen.

Wie sollte ich das leugnen, wenn ich mich am liebsten in seine Arme schmiegen wollte. »Das heißt nicht, dass ich vergessen kann, was geschehen ist. Den Grund vergessen kann, aus dem das zwischen uns nicht mehr funktioniert.«

»Es tut mir leid.« Er schenkte mir ein leichtes Lächeln, als wollte er mir ebenfalls eines entlocken. Wie so oft versank ich in dem vor Sehnsucht schimmernden Grau seiner Augen. Dann spürte ich seine Hand an meinem Gesicht. Liebevoll strich er mir eine Strähne hinter das Ohr.

»Du bist wunderschön, Engelchen.«

Ich erschauderte und schloss für einen Moment die Augen.

»Du fehlst mir so.«

Mein Blick hob sich und nun sah ich Zerbrechlichkeit in seinem Blick.

»Hey, ihr da.« Wie unter einer kalten Dusche wurde ich unsanft in die Realität befördert.

»Das ist ein Fehler«, flüsterte ich, damit nur Luce es verstand. Dann stieß ich ihn von mir fort, drehte mich um und verließ, ohne zurückzublicken, die Bibliothek.

KAPITEL 11
Kat

Samstag / Unigelände NYU

»Hast du alles?«, fragte Emma aus unserem Zimmer.

»Ja«, antwortete ich.

»Was hat Adam nochmal gestern zu dir gesagt?«

»Wir sollen uns ein paar Sachen für eine Nacht mitnehmen, gutes Schuhwerk und eine Winterjacke.«

»Gut, dann habe ich alles.« Emma erschien hinter mir und schloss die Tür.

Draußen empfing uns Sonnenschein gepaart mit eisiger Kälte. Langsam begann die Schneeschicht, die New York umhüllt hatte, zu schmelzen. Trotz des kalten Windes genoss ich die Sonnenstrahlen, die auf mein Gesicht fielen.

»Was, glaubst du, hat er vor?«, fragte mich Emma.

»Dem festen Schuhwerk nach zu urteilen, tippe ich mal auf lange Spaziergänge oder so ähnlich.«

Ein Hupen unterbrach Emma und ein blaugrüner Kleinbus, auf dessen Seitenwand ein riesiger Delfin seine Runden schwamm, bog um die Ecke und hielt vor unserem Wohnheim.

»Holla«, stieß Emma neben mir aus und ich musste lachen, als das Fahrerfenster runtergekurbelt wurde und Adams schokoladenbrauner Haarschopf im Rahmen erschien.

»Willkommen bei King Travels, sind Sie bereit für ein

Wochenende voller Spaß?«

Während er ausstieg, um uns mit dem Gepäck zu helfen, kletterten Emma und ich in das alte Auto. Ich nach vorn, Emma nach hinten.

Ich wollte so dafür sorgen, dass ich schon jetzt etwas mehr Zeit mit Adam verbringen konnte.

Als er sich wieder hinter das Steuer setzte, sah er nach hinten zu Emma. »Holen wir Danny ab?«, fragte er und Emma gab nickend Dannys Adresse an Adam weiter. Dann startete er den röhrenden Motor des Busses.

Während er das Unigelände verließ, machte ich es mir auf dem Beifahrersitz bequem. Ich spielte mit dem Band meines blauen Hoodies, während ich meine strahlend weißen Reeboks betrachtete. Adam hatte zwar festes Schuhwerk empfohlen, aber für die Fahrt brauchte ich meine Fellschuhe noch nicht. Diese befanden sich für den Fall der Fälle in meinem Rucksack.

»Wo geht es denn nun hin?«, fragte ich neugierig, doch ich bekam nur ein breites Grinsen von Adam als Antwort.

»Er verschleppt uns irgendwo hin! Gib es zu, Adam. Entführst du uns gerade?«

Ich begann zu grinsen, als Adam prustend loslachte.

»Glaub mir Emma, ich würde deinen Freund nicht mit einladen, wenn ich euch entführen wollen würde.«

»Wer weiß das schon. Dafür kennen wir dich noch zu wenig«, witzelte Emma.

»Ich hoffe, das ändert sich bald.« Sein Blick fuhr kurz zu mir rüber und seine blauen Augen verrieten mir, dass er sich über ein engeres Kennenlernen von uns beiden freuen würde.

Ich lächelte ihn an und versuchte, mir einzureden, dass dies eine schöne Wendung der Dinge war. Ich hatte Spaß. Es war unkompliziert und Adam war nett. Er hatte ein großes Potenzial zum festen Freund.

»Hier«, stieß Emma hervor, fuchtelte mit einer CD vor meiner Nase herum und ließ sie dann in meinen Schoß fallen.

»Weil ich geahnt habe, dass wir in einem Mittel-alter-Fahrzeug fahren würden, habe ich die beste Musikuntermalung dabei.«

In meinen Händen hielt ich ein Album von *Panic! at the Disco* und ich schob die CD in das Laufwerk. Als *I constantly thank God for Esteban* begann, starteten Emma und ich eine anständige Karaokeeinlage.

Wir hielten direkt vor dem Appartement 5A und ich starrte auf den Eingang. Natürlich würde nur Danny gleich durch die Tür treten, und das war gut so. Ich fühlte mich jetzt schon leichter ums Herz und ich freute mich, endlich mal wieder etwas mit Freunden zu unternehmen.

»Das ist doch nicht wahr«, entfuhr es Emma im gleichen Moment, in dem sich die Appartementtür öffnete und nicht nur Danny aus der Tür trat, sondern auch Luce.

»Beruhige dich, vielleicht sind sie nur zusammen runtergekommen«, sagte ich zu meiner Freundin, während diese nur schnaubte.

Adam schaute mich kurz an und stieg dann aus, um Dannys Gepäck im Kofferraum zu verstauen.

»Wenn es so ist, wie du sagst, wieso hat Luce dann eine Reisetasche in der Hand?«

Nun schnellte mein Blick zu den drei Jungs vor dem Auto. Und Emma hatte recht.

****

Luce

»Willst du das wirklich durchziehen, Bro?«, fragte Danny und sah mich von der Seite an, als wir unser Wohnhaus verließen und auf den alten Kleinbus zusteuerten.

Ich nickte.

»Je weniger Zeit sie mit diesem Kerl alleine verbringt, umso besser. Ich möchte in ihrer Nähe sein und ihr beweisen, dass ich auch anders sein kann.«

»Aber meinst du nicht, sie findet das eher negativ, dass du dich in ihren Ausflug zeckst?«

»Soll sie nur sauer auf mich sein. Das ist besser als Gleichgültigkeit.«

Ich schluckte, denn sollte Kat irgendwann gleichgültig mir gegenüber sein, wusste ich nicht mehr weiter.

Danny schüttelte den Kopf, während dieser Adam die Fahrertür öffnete und auf uns zusteuerte.

»Hi, du musst Danny sein. Ich bin Adam«, begrüßte

er meinen besten Freund und sie gaben sich die Hände. Dann sah er zu mir. »Und du bist Luce. Wir hatten ja bereits das Vergnügen.«

Ich lächelte, beäugte Adam aber genau, während er sprach.

»Können wir?«, fragte er Danny.

»Ich würde gerne mitkommen, wenn es nichts ausmacht.«, schaltete ich mich ein und Adams Blick wanderte zurück zu mir.

»Wie kommst du darauf?«

»Worauf?«

»Dass du einfach so mitkommen kannst? Zumal du nicht weißt, wohin es geht.«

»Ich denke, dass es etwas mit deiner Organisation zu tun hat. Das sagt ja der riesige Delfin schon.« Ich zeigte auf sein Auto und dessen Beschriftung. »Außerdem lag mir das Wohl der Meerestiere schon immer am Herzen, Meerjungfraumann.«

»Wie komme ich denn zu diesem Namen?«, erwiderte Adam finster.

Ich grinste. »Der Retter aller Meerestiere. Hast du noch nie Spongebob geguckt?«

»Ich hatte wohl etwas Besseres zu tun«, meinte Adam und starrte mich an, als wüsste er genau, was ich vorhatte.

»Du kannst dir so viel Mühe machen, wie du willst. Du wirst sie damit nicht zurückbekommen. So wie ich es nämlich sehe, hat sie eine Entscheidung getroffen und die lautet, ohne dich zu leben.«

Ärger stieg in mir auf, diese bekannte Wut, die ich

schon so lange in mir trug. Ich trat einen Schritt vor.

»Du mogelst dich in einen Ausflug, den ich für sie und ihre Freunde geplant habe. Du gehörst nicht mehr zu ihren Freunden. Du wirst damit nicht das erreichen, was du dir darunter vorstellst.«

Immer noch starrte ich den braunhaarigen Jungen vor mir an.

»Sieh hin«, sagte Adam dann und zeigte in die Richtung auf das Auto, wo Kat auf dem Beifahrersitz saß. Ihre Gesichtszüge zeigten Verärgerung. Sie unterhielt sich mit Emma, doch ihre Augen verließen nicht das Geschehen, das draußen vor dem Auto stattfand.

»Es ärgert sie, dass du dich einmischst.«

»Ich glaube, du mischst dich in Sachen ein, die dich nichts angehen.«

Adam lächelte. »Du hast ihr das Herz gebrochen, zweimal. Du wirst sehen, dass du keine Chance mehr haben wirst.«

Herausfordernd trat ich noch einen Schritt vor.

Adam sah mich durchdringend an. »Was willst du machen? Mich schlagen? Glaubst du, das bringt dich ihr näher?«

Ich schloss die Augen, dachte wieder an diese Blutergüsse auf dem Rücken von Maya, die ich vergewaltigt haben sollte.

»Bist du ein Schläger, Luce?« Adam lächelte und mir kam dieser Junge mehr und mehr komisch vor.

»Nein.« Meine Stimme hörte sich komisch gedämpft an.

»Lass gut sein, Adam.« Dannys Stimme riss mich aus dem dumpfen Schleier.

»Bin ich es, der sich einfach in meinen Ausflug mogeln will?«, antwortete Adam in schneidendem Ton.

»Dann lass mich hier.« Ich fand meine Stimme wieder und sah Adam an.

»Warum sollte ich?« Adam lachte. »Du machst es mir dadurch nur noch einfacher, Kat um den Finger zu wickeln.«

Ich erschauerte bei seinen Worten. »Was soll das heißen?«

Adam zuckte mit den Schultern. »Je mehr du hier dein Theater abspielst, desto mehr wirst du Kat auf die Palme bringen. Sie wird merken, welcher Mann der Bessere für sie ist. Sie wird merken, dass sie mit mir eine Zukunft hat. Also nur zu, mach weiter. Von mir aus kannst du mitkommen. Wie sagt man so schön? Konkurrenz belebt das Geschäft«

»Was willst du von ihr? Du kennst sie nicht so wie ich«, fragte ich und Adam grinste.

»Das werde ich schon noch. Und ich werde sie danach nicht für eine andere verlassen. Ich werde sie danach im Arm halten und anstatt am nächsten Morgen abzuhauen, werde ich es einfach nochmal tun.«

Ich sah rot und merkte kaum, wie ich einen Satz nach vorn machte. Ich spürte Dannys Hand auf meiner Schulter, doch ich versuchte, sie sofort abzuschütteln. Ganz dicht stellte ich mich vor Adam und starrte ihm direkt in die blauen Augen.

Er war nicht klein, trotzdem überragte ich ihn um ein paar Zentimeter. Sein Blick war klar, ich las Kampfeslust in seinen Augen und das machte mich nur wütender.

»Irgendetwas stimmt nicht mit dir und, glaub mir, ich behalte dich im Auge.«

Adam hob abwehrend die Hände und grinste dabei. Dann schnappte er unsere Reisetaschen und ging auf sein Auto zu.

Ich sah zu Danny hinüber. »Das hast du doch auch gehört, oder?«

Danny nickte. »Wir behalten ihn im Auge«, wiederholte er meine Worte.

****

Kat

Es schien mir, als würden sich Adam und Luce streiten. Fast sah es sogar so aus, als würde die Situation eskalieren. Doch dann hob Adam abwehrend die Hände, griff nach Luces und Dannys Taschen und verstaute diese mit einem dumpfen Knall im Kofferraum. Dann kam er um das Auto herum und nahm wieder neben mir Platz.

»Wie es aussieht, fahren wir zu fünft.«

»Wieso?«, fragte ich Adam.

»Danny bat mich darum. Er sagte, Luce brauche etwas Ablenkung und wenn es mir nichts ausmachte, würde er ihn gerne mitnehmen.«

Ich hob verwirrt die Augenbrauen. »Und es macht dir nichts aus?«

»Doch, natürlich. Es macht mich fuchsteufelswild. Aber ich werde darüberstehen. Lass ihn doch mitkommen. Ich werde dir mein Hobby zeigen und wir werden zusammen Zeit verbringen.«

Ich lächelte.

»Sofern du das möchtest.«

Ich nickte, immer noch lächelnd.

Es passte Adam ganz und gar nicht, dass Luce hier war. Wie musste dies für ihn sein? Ich hatte ihm erzählt, dass ich vor kurzem Gefühle für den schwarzhaarigen Jungen gehabt hatte, der mit seinem Kapuzenpullover wieder viel zu gut aussah. Nicht mal ich konnte Gefühle einfach so abstellen, daher freute ich mich umso mehr auf diesen Ausflug. Dass Danny ihn einfach so mitschleppte, war auch für mich ärgerlich. Was dachte er sich nur dabei? Trotzdem würde ich Luce keine Chance geben, das Kennenlernen mit Adam zu sabotieren.

In dem Moment als Luce sich dann neben Danny ins Auto setzte und zu mir hinüberschaute, wandte ich den Blick ab.

Als wir schließlich losfuhren, zerschnitten nur die Jungs von Panic! at the Disco die Stille im Auto.

Immer, wenn ich den Blick nach hinten wandern ließ, sah ich diese drei unterschiedlichsten Personen nebeneinandersitzen.

Wie war ich schon wieder in so eine Situation geraten?

Luce Blick traf meinen und er lächelte. Darauf wusste ich nichts Besseres zu tun, als mich wieder nach vorn zu drehen.

»So. Erzähl endlich, wohin wir fahren«, forderte ich Adam auf.

»Es geht nach Philipstown.«

In jedem der Gesichter sah man es rattern und auch ich wusste nicht, wo das lag und was dort war.

»Meine Organisation trifft sich einmal im Jahr am Breakneck Ridge. Dieser Berg befindet sich in der Nähe des Hudson River, also liegt eine gute Stunde Fahrt vor uns. Wir werden dort in einer Wohnwagenanlage schlafen, diese besitzt natürlich eine funktionierende Heizung. Bei dieser Jahreszeit nicht wegzudenken.« Er lachte. »Wir werden dort wandern und die Natur genießen.«

Alle freuten sich und sogar Luce lächelte.

Nach gut einer Stunde Fahrt rollten wir auf einen riesigen Wohnwagenplatz. Darauf standen große, im Kreis aufgebaute Wohnwägen. In der Mitte gab es einen Lagerfeuerplatz, mit Baumstämmen als Sitzgelegenheit. Bei der Jahreszeit würden wir uns wohl eng ans Feuer kuscheln müssen.

»Wow«, entfuhr es Emma und ich stimmte mit ein.

»Das ist wirklich cool.«

Am Ende des Platzes gab es ein beeindruckendes Holzhaus, über dessen Eingang ein Schild hing, auf dem »Willkommen Seabears« stand.

»Welcome, Guys.« Eine schrille Stimme ertönte und ein großgewachsener rothaariger Junge stieß zu uns.

»Graham«, rief Adam und sie klatschten sich ab. Sie begrüßten sich wie zwei alte Freunde, die sich schon jahrelang nicht mehr gesehen hatten. Ich musste lächeln, weil mich die Herzlichkeit berührte.

»Graham, das sind Danny, Emma, Kat und Luce.«

Er stellte uns nacheinander vor, nur bei Luce hörte man ein leichtes Wackeln in seiner Stimme.

Graham hatte etwas längeres Haar, das er zu einem kleinen Pferdeschwanz im Nacken zusammengenommen hatte. Er trug einen Pullover mit dem Logo der Seabears drauf, genau den gleichen, den Adam trug.

»Ich freue mich, euch kennenzulernen.«

Sein Akzent war ausländisch, fast wie das britische Englisch, nur etwas härter und mit einem sympathischen rollenden R in seinen Wörtern. Sein Blick glitt einmal durch die Reihe und stockte dann.

»Adamski, du sagtest mir, du bräuchtest zwei Wohnwagen à 2 Personen.« Wieder huschten seine Augen von einem Gesicht zum anderen. »Ich zähle aber 5.«

Nun schaute er zu Adam und dieser zu Luce.

»Du solltest zurückfahren«, sagte ich ausdruckslos und Luce sah mich genauso gefühllos an.

»Selbst, wenn ich wollte, ich glaube nicht, dass ich mir hier ein Uber bestellen kann.«

Unsere Blicke verfingen sich und mein Herz, das ich mittlerweile verfluchte, reagierte mit dem üblichen starken Klopfen, wie es das immer getan hatte, seit ich Luce kannte.

»Du warst gar nicht eingeladen, du bist echt unglaublich«, entfuhr es mir.

»So hast du mich schon einmal genannt, aber in einer anderen Situation.«

Mir blieben vor lauter Dreistigkeit die Worte aus und bevor ich hochfahren konnte, um meine Meinung kundzutun, rettete mich Adam aus der Situation.

»Die Männer teilen sich mit mir meinen Wohnwagen, so war es eh gedacht. Ich wollte mich dir nicht gleich aufdrängen, indem wir uns einen Wohnwagen teilen, Kat. Danny und Luce werden sich das Doppeltbett teilen müssen und ich nehme das Sofa. Das kann man auch zum Bett umfunktionieren.«

»Der Wohnwagen gehört dir?«, fragte ich Adam und dieser nickte.

»Meinen Eltern.«

»Super«, stieß Luce triumphierend aus, doch ich starrte ihn nur finster an.

»Aye, super. Dann geht es los.« Graham klatschte in die Hände und ging mit Adam Richtung Haupthaus, um die Wohnwagenschlüssel abzuholen.

Als sie außer Hörweite waren, baute ich mich vor Luce auf.

»Ich weiß nicht, was du hier versuchst. Du kannst dir das sonst wo hinschieben. Egal, was du für eine Show abziehst, du wirst es nicht schaffen, meinen Entschluss zu ändern.«

Luce trat einen Schritt auf mich zu. Dann noch einen, bis unsere Körper dicht beieinanderstanden. Ich rührte mich nicht vom Fleck, doch seine Nähe schmerzte. Sein Geruch drang in meine Nase, umfing alles und brachte Erinnerungen in mir hervor, die mich erschaudern ließen.

»Ich muss gar keine Show abziehen, du wirst ganz von allein merken, wer der Richtige für dich ist. Ich mag meine Fehler haben ja, doch es zählt einzig und allein, was du spürst, wenn wir zusammen sind. Egal in welcher Beziehung du bist, ich werde dich wieder zurück gewinnen.«

Er hob die Hand und strich leicht über meine Wange. Ich erschauderte.

»Also werde ich genau so weitermachen.«

KAPITEL 12
Luce

Dannys Blick ruhte auf mir, als wir zu zweit den
Wohnwagen betraten, der uns zugeteilt worden war. Er
war klein, aber trotzdem geräumig. Es gab eine kleine
Sitzecke mit einem Esstisch und daneben ein Sofa, das
wohl Adams Schlafplatz darstellte. Hinten im Auto gab
es ein Doppelbett, welches die Bezeichnung »klein«
mehr als verdient hatte. Es würde lustig werden, rauszufinden, wie Danny und ich zusammen in dieses Bett
passten. Trotz des merkwürdigen Geruchs, schien mir
der Wohnwagen gemütlich. Die Hauptsache war, dass
ich in Kats Nähe war und ich jeden Moment nutzen
konnte, um ihr zu zeigen, dass ich auch anders sein
konnte als zurückgezogen und kalt. Außerdem konnte
ich ein bisschen Ablenkung wirklich gebrauchen,
zumal ich jeden Tag auf die nächste Vorladung wartete.
Damals hatte ich eine andere Möglichkeit der Zer-
streuung gefunden, doch diese kam nicht mehr in Frage.
Ich würde nicht mehr zu einer anderen Frau gehen. Trotz
all der Probleme, die vor mir lagen und des Gedanken,
zurück ins Gefängnis zu müssen. Mein wichtigstes
Ziel würde sein, Kat zurückzugewinnen. Mir war klar,
diese Aktionen und das Aufdrängen machten sie nur
wütender, doch ich fühlte noch immer, wie sie kämpfte,
ihre Gefühle für mich zu verdrängen. Solange diese
Empfindung da war, hatte ich Chancen. Ich öffnete
den Kühlschrank und nahm mir eine kalte Coke raus,

während Danny sich auf das Sofa fallen ließ.

»Was denkst du über diesen Adam?«, fragte ich Danny dann und dieser schaute mich schulterzuckend an.

»Wundert es dich, dass er dich nicht leiden kann, Bro? Du und Kat habt eine Vergangenheit. Er will Kat rumkriegen und du stehst ihm da im Weg.«

»Wieso hat er mich dann mit hergenommen?«

»Vielleicht ist es wirklich wie er sagt und er meint, dass du dich Kat gegenüber so dumm anstellst, dass du sie dadurch direkt in seine Arme spielst.«

Ich sah Danny verständnislos an.

»Ich habe die beiden gesehen. Vor ein paar Tagen«, gab ich dann zu.

»Hast du ihnen hinterher spioniert?«

Danny sah mich überrascht an, doch ich schüttelte den Kopf.

»Es war ein Zufall.«

»Und was haben sie gemacht?«

»Sie waren spazieren und er hat sie zum Wohnheim gebracht. Sie schienen sehr vertraut und auch an Silvester kam es mir so vor, als hätten sie sich fast geküsst.«

»Sie hat dir gesagt, dass es vorbei ist. Sie lebt weiter, Luce.«

Es schmerzte, diese Worte zu hören.

»Trotzdem glaube ich, dass etwas mit ihm nicht stimmt.«

»Wie gesagt, wir behalten ihn im Auge.«

Danny und ich sahen zur Wohnwagentür, als es plötzlich klopfte. Mein bester Freund erhob sich und die Tür knarzte etwas, als er sie aufstieß.

»Hallo du«, sagte Emma und grinste. Sie kam die drei Stufen zu uns hoch und gab Danny einen Kuss auf die Lippen. Als sie sich schon abwenden wollte, hinderte er sie daran und zog sie noch einmal an seine Brust. Diesmal war der Kuss zärtlicher und sehr viel länger. Freudig beobachtete ich die beiden. Es schien so, als wäre mein bester Freund glücklich und er hatte dieses Glück mehr als verdient.

»Ich wollte Bescheid sagen, dass es gleich Mittagessen im Haupthaus gibt«, berichtete sie, als Danny sie frei gab.

»Lecker, mein Magen knurrt schon«, meinte Danny.

»Dann los.« Emma nahm Dannys Hand und wollte mit ihm zusammen hinausgehen.

»Emma?«, stoppte ich sie.

Das blonde Mädchen drehte sich zu mir um und das übliche Misstrauen funkelte in ihren Augen. »Was?«

»Was hältst du von Adam?«, fragte ich.

»Mehr als von dir.«

Sie schmunzelte frech und ich verdrehte die Augen. »Das dachte ich mir schon. Aber mal ernsthaft, ich möchte wissen, was du von ihm hältst.«

»Er ist ein netter Kerl, Luce. Er will nur das Beste für Kat. Sie ist glücklich mit ihm.«

»Glaubst du das?«

Emma nickte. »Wieso gibst du sie nicht einfach auf,

Luce. Ich gebe ja zu, und das habe ich Katty auch schon gesagt, dass ich euch unterstützt hätte, wenn ihr zusammengeblieben wärt. Doch Kat hat auf sich aufgepasst und sich entschieden. Sie möchte nicht mehr, Luce, versteh das doch endlich.«

Ich verzog das Gesicht und blickte hilfesuchend zu Danny.

»Wir haben uns vorhin mit Adam unterhalten.«

»Wann? Vorhin, als ihr vor dem Auto standet, bevor ihr die Taschen eingeladen habt?«

»Ja«, bestätigte Danny. »Er hat komische Sachen gesagt.«

»Inwiefern?« Emmas Stirn legte sich in Falten.

»Er hat davon geredet, dass er Kat um den Finger wickeln will und dass ich seine Motivation dafür bin, das mit Kat dingfest zu machen.«

Emma starrte mich an.

»Na ja, in meinen Worten wiedergegeben, aber im Grunde war es das.«

Emma schaute zu Danny rüber, der meine Aussage bestätigte.

Sie lief ein paar Schritte durch den Wohnwagen und strich sich dann eine blonde Strähne hinter das Ohr. »Ich kann das nicht glauben.«

»Wir möchten ihn einfach ein bisschen im Auge behalten.«

Emma schien nicht begeistert, doch nach einem weiteren Blick zu Danny hob sie ergeben die Hände. »Na gut.«

»Willst du noch ein Würstchen?«

Eine große Rostbratwurst erschien vor meiner Nase. Adam hielt sie mit der Grillzange hoch und lächelte mich an.

»Klar.«

Er ließ sie neben einem Berg aus Nudelsalat nieder. Dann wandte er sich ab, um das Grillgut an den anderen Tischen zu verteilen.

Es waren fünf lange Tische im Haupthaus aufgebaut worden, an denen sich viele verschiedene Menschen freudig unterhielten und lachten. Ich saß mit Emma und Danny an einem Tisch, am Fenster.

Draußen wurde gegrillt und nach und nach wurden immer mehr Köstlichkeiten reingetragen und auf den Tellern verteilt.

»Erzähl mir endlich, was los ist«, sagte ich zu Danny, der mir gegenübersaß. Dieser hielt inne, als er gerade ein Stück von seinem Steak in seinen Mund beförderte.

»Kat, du weißt, dass ich ungern darüber spreche. Er hat schon seine Gründe, es nicht zu erzählen.«

»Das bedeutet, es ist irgendwas passiert.«

»Was glaubst du denn, was passiert ist?«

Die beiden Jungs verhielten sich seit der Ankunft merkwürdig. Besonders Luce. Konnte das einen anderen Grund haben, als den, mich zurückzugewinnen?

»Katty, ignorier ihn einfach. Je stärker du es versuchst, desto eher wird er aufhören, dich zu bedrängen.« Emma sah mich durchdringend an.

»Ist es wirklich vorbei zwischen euch?«, fragte Danny dann.

Emmas Ellbogen landete in Dannys Seite.

»Natürlich.«

»Ich habe Kat gefragt, Emmy.«

Ich musste bei dem Kosenamen lächeln. Es tat nach all den Problemen in letzter Zeit gut, zu sehen, wie perfekt Danny und Emma zusammenpassten. Es schien mir, als unterstütze er ihre wilde Seite, doch zeigte ihr auch, wie schön es war, in einer Beziehung zu sein. Ich wünschte mir so, dass alles gutgehen würde.

»Ja«, antwortete ich.

»Aber du liebst ihn noch?«, fragte Danny weiter.

Ich schluckte. Mein Herz wurde schwer und ich begann, die Erbsen aus meinem Nudelsalat zu entfernen. Bevor ich antwortete, hatte sich ein kleiner Berg Erbsen an meinem Tellerrand gebildet.

»Das stellt man nicht einfach so ab. Aber ich habe mich entschieden, Danny.«

Bevor dieser etwas sagen konnte, kam ich ihm zuvor.

»Adam hat gesagt, dass du darum gebeten hast, dass wir Luce mitnehmen. Wieso zur Hölle hast du das gemacht?«

Danny legte die Stirn in Falten. »Das stimmt so nicht. Ich habe dazu nichts gesagt.«

Nun schaute ich verdutzt von Danny zu Emma.

»Adam und Luce haben sich nicht gerade nett unterhalten. Ich sag mal so: Nicht nur von Luce kamen herausfordernde Kommentare.«

»Natürlich, weil Luce Adam seinen Ausflug kaputtmachen will.«

»Es schien mir eher so, als würde es ihm ganz gut in den Kram passen, dass Luce mitkommt.«

»Ach was, Quatsch«, tat ich es ab, doch wunderte mich trotzdem, warum Adam mir dann etwas anderes erzählt hatte.

»Ich wollte es nur gesagt haben.«

Immer noch in Gedanken beobachte ich Luce, der gerade ins Haus gekommen war und auf den Tisch zusteuerte. Auch Danny hatte ihn gesehen.

»Du weißt, dass er dich liebt. Du bist sein Mittelpunkt geworden«, murmelte er leise, doch ich hatte ihn gehört.

Luce nahm neben Danny am Tisch Platz und Adam, der sich neben mir niederließ, stellte einen vollbepackten Teller mit Würstchen und gegrillten Maiskolben, vor sich ab. In seinen Augen spiegelte sich Vorfreude.

»Ich weiß. Aber manchmal reicht das nicht«, flüsterte ich dann an Danny gewandt.

Dieser schaute mich ruhig an und ich wusste, das Thema war für heute beendet.

»Also, Leute, soll ich euch von unserer morgigen Route erzählen?«

Wir nickten in die Runde und Adam holte einen großen Lageplan aus seinem Rucksack.

»Wir gehen immer in Zweierteams und wandern die Strecke hoch zum ersten Anlaufpunkt, dem Hudson River. Dort machen wir eine kurze Pause, um den Moment auf uns wirken zu lassen. Von da aus wandern wir dann zusammen zum Breakneck Ridge.«

Danny und Emma sahen sich an und dann zu mir.

»Keine Sorge, ich wandere mit Adam, oder?«

»Es wäre mir ein Vergnügen.«

Ich spürte, dass Luces Blick auf mir lag, doch ich ignorierte ihn. Stattdessen sah ich Adam an.

Er strahlte übers ganze Gesicht und ich nahm mir vor, die Zeit allein mit Adam zu nutzen, um ihn besser kennenzulernen.

»Bekommen wir von dir einen Lageplan?«, fragte Emma und Adam nickte.

»Ja, natürlich.«

»Ist der Wanderweg auch in einer Wander-App verzeichnet? Ich bin eher für die technische Karte als das große Ding zum Falten«, kam es dann aber von Danny.

Emma lachte. »Das war klar, du Freak.«

Danny drückte ihr einen Kuss auf die Stirn.

Adam nannte Danny die App, in der er den Wanderweg finden würde und dieser holte gleich sein Handy aus seinen Jeans.

»Denk aber daran, die Karte auf dein Handy runterzuladen. Wenn wir mal kein Netz haben, kannst du sie offline einsehen.«

»Na logo«, stieß Danny lachend hervor.

»Heute Abend treffen wir uns alle am Lagerfeuer«, erzählte Adam dann weiter.

»Und was machen wir da? Uns aufwärmen?«, fragte ich.

»Unter anderem, lass dich überraschen.«

KAPITEL 13

Kat

Nach dem Mittagessen hatte uns Adam den Wohnwagenplatz und dessen Umgebung gezeigt. Wir hatten
mit Graham gesprochen und ihn etwas besser kennengelernt. Zum späten Nachmittag hin waren Emma und
ich dann zurück in unseren Wohnwagen gegangen, um
uns für das Lagerfeuer fertigzumachen.

»Gibst du mir mal ein Zopfgummi?«, bat ich Emma,
während ich meine blonden Haare zu einem losen
Pferdeschwanz aufnahm. Mit einem Lächeln reichte sie
mir das dunkelblaue Haarband und ich befestigte den
Zopf damit.

»Gut siehst du aus«, freute sich Emma und
beobachtete mich durch den Spiegel.

Verwundert sah ich an mir herab. Ich trug Jeans mit
immer noch dem gleichen Hoodie wie bei der Abfahrt.
»Ich sehe aus wie heute Morgen.«

Emma zuckte mit den Achseln. »Der Pferdeschwanz
steht dir.«

Ich drehte mich zu ihr um. »Wieso ist das so wichtig?«

»Na ja, vielleicht kannst du ja mit Adam ein bisschen
am Lagerfeuer kuscheln.«

Ich verdrehte die Augen. »Heute Mittag schien es mir
nicht so, als würdet ihr Adam so gerne mögen.«

Emma zuckte mit den Schultern. »Danny macht sich
nur Sorgen.«

Ich musste grinsen. »Ich passe schon auf«, versicherte ich meiner besten Freundin.

Es klopfte an der Tür, als ich gerade in die Winterjacke schlüpfte.

»Das muss Danny sein. Wie immer pünktlich«, sagte Emma lachend und begab sich zur Tür, um ihn reinzulassen.

»Hallo Schönheit, sind Sie bereit für einen gemütlichen Abend am Lagerfeuer?«, begrüßte Danny Emma und diese gab ihm einen Kuss zur Begrüßung.

Draußen begrüßte auch ich Danny, der seine braunen Haare unter einer rot-gelben Gryffindor-Mütze versteckte und entdeckte dann, dass Luce sich direkt hinter ihm befand.

»Seit wann stehst du auf Lagerfeuer?«, fragte ich an Luce gewandt.

»Seit man am Lagerfeuer Stockbrot machen kann«, antwortete Luce belustigt.

Die einzige Erwiderung meinerseits war ein Augenrollen.

Zu viert begaben wir uns zu dem Platz, auf dem bereits ein Feuer brannte. Viele Leute tummelten sich darum, saßen in Decken gewickelt auf Baumstämmen und hielten lange Stöcke in die Flammen, an denen Brotteig klebte. Als wir näherkamen, entdeckte Adam mich, erhob sich und kam zu mir herüber.

Ich konnte gar nicht anders, als zu lächeln, als er vor mir stand und mich in seine Arme nahm.

»Ich freue mich, dich zu sehen. Du siehst wunderschön aus.«

Er ließ mich los und sah mir tief in die Augen. Ich spürte, wie ich rot wurde.

»Siehst du Kat, es gibt Stockbrot«, kam es dann von Luce hinter mir und ich drehte mich zu ihm um.

Kurz wusste ich nicht, was ich darauf antworten sollte. Seine Augen lagen ruhig auf meinem Gesicht und er grinste.

Ich wusste, ihm passte es nicht, dass ich meine Zeit mit Adam verbrachte. Doch ich hatte eher einen dummen Spruch von ihm erwartet, als diese Ruhe, die er ausstrahlte.

»Apropos, möchtest du Stockbrot?«, fragte Adam, ohne auf Luce einzugehen.

Nickend nahm ich auf einem Baumstamm Platz. Adam nahm eine Decke und wickelte sie um mich, dann ließ er sich neben mich gleiten.

»Danke.« Gott sei Dank war ich dick eingepackt, denn es wurde immer kälter, je dunkler es wurde.

Ich hob den Blick, als sich links von mir jemand auf den Baumstamm setzte. Natürlich war es Luce, wie sollte es anders sein.

»Du nervst«, zischte ich und sah hilflos zu Emma hinüber, die zusammen mit Danny unter einer Decke auf einem anderen Baumstamm saß. Sie blickte mich ebenfalls hilflos an.

Demonstrativ wandte ich mich Adam zu, der nach einem kurzen Schwenk zu Luce ebenfalls den Blick auf mich senkte.

»Hier.« Er reichte mir einen Stock und die Schüssel mit dem Teig.

Während ich meinen Stock mit Teig ummantelte, begann Graham zu sprechen. »Ich möchte nochmal alle herzlich willkommen heißen. Ich bin froh, dass so viele der Einladung gefolgt sind und den Weg zu uns gefunden haben. Ich freue mich auf einen lustigen Abend und auf eine abenteuerliche Wanderung zum Breakneck.«

Alle applaudierten und ich reichte den Teig und einen Stock an Luce weiter. Seine Hand streifte die meine und die Sturmaugen hatten einen leicht silbrigen Schimmer.

»Danke, Engelchen.«

Ich stockte und überlegte, ob ich ihn korrigieren sollte, doch ich ließ es bleiben. Stattdessen hielt ich den Ast ins Feuer.

Es wurde gelacht und gesungen und es wurden Geschichten erzählt. Es war leicht, sich wohlzufühlen. Selbst von dem gelegentlichen Körperkontakt zwischen Luce und mir ließ ich mich nicht beirren. Es verging eine Stunde, bis Graham sich wieder zu Wort meldete und verkündete, wir würden ein Spiel spielen wollen.

»Hast du Lust?«, fragte mich Adam.

»Was genau machen wir denn?«

»Errate den Helden.«

Ich sah ihn wohl etwas unwissend an, denn er lachte.

»Die Person, die links von dir sitzt, überlegt sich einen Kindheitshelden und schreibt ihn auf einen Klebe-zettel. Dieser wird dir an der Stirn befestigt, ohne das du schaust, was daraufsteht. Du versuchst zu erraten, was auf dem Zettel steht und die Person, von der du den Zettel bekommen hast, beantwortet dir die Fragen.«

»Mega Spiel«, hörte ich Danny rufen. Emma lachte laut.

Graham begann, Klebezettel und Stifte zu verteilen und ich überlegte. Ich kannte Adam noch nicht so gut, dass ich wissen konnte, was er als Kind gerne geschaut hatte. Daher nahm ich etwas, was nicht so gut zu ihm passte. Ich schrieb Winnie Puuh auf den Klebezettel und befestigte ihn an Adams Stirn.

Auch Adam hatte dem Mädchen neben ihm einen Zettel angeklebt, ich las Sailor Moon darauf.

»Hier.« Erschrocken fuhr ich herum und sah, wie Luce mir einen Klebezettel hinhielt. Ich starrte ihn ungläubig an, doch er grinste nur. »Regeln sind Regeln.«

Widerwillig ließ ich zu, dass er mir den Zettel aufklebte, und las zur gleichen Zeit, was auf Luce´s Stirn stand.

»Das passt«, sagte ich lachend, denn darauf stand Gru aus dem Film die Minions.

»Fang an«, forderte Luce von mir.

Kurz sah ich zu Adam rüber und ich las in seinem Gesicht, dass es ihn ärgerte, doch dann wandte er sich dem anderen Mädchen zu, um mit ihr zu spielen. Daher drehte ich mich widerwillig Luce zu.

Dieser grinste nur. »Los.«, befahl er.

Stöhnend überlegte ich mir meine erste Frage. »Bin ich ein Mensch?«

Er schüttelte mit strahlenden Augen den Kopf.

»Ein Tier?«

»Ja.«

»Dir macht dieses Spiel zu viel Spaß, Snow.«

Die Sturmaugen sahen direkt in meine. Unsere Blicke verfingen sich ineinander wie ein Wirbelsturm auf einer Wiese. Wieder klopfte mein Herz schneller in meiner Brust und ich verfluchte die Tatsache, dass es das bei Adam vorhin nicht getan hatte.

»Bin ich eine Disney Figur?«

»Ja.«

»Ein Hauptdarsteller?«

»Nein.«

»Gott, Luce, wie soll ich das rauskriegen, es gibt hunderte Nebendarsteller in Disney Filmen.«

»Denk einfach darüber nach.«

Ich grunzte frustriert.

»Hulk«, schrie Danny plötzlich und wir drehten uns alle in die Richtung von Danny und Emma. Danny hielt seinen Klebezettel triumphierend nach oben.

»Rémy aus Ratatouille, ist das dein Ernst?«, fragte Emma verärgert und starrte auf ihr Papier.

Danny zuckte mit den Schultern. »Die Ratte ist so süß, genau wie du.«

Ein Faustschlag traf Danny am Oberarm und ich drehte mich amüsiert wieder zu Luce um. »Spiele ich in Dornröschen mit?«, fragte ich auf gut Glück weiter.

»Nein.«

»Susi und Strolch?«

»Nein.«

»Tarzan?«

Lachend kam wieder ein »Nein« aus seinem Mund.

»Cinderella?«, fragte ich dann ohne Hoffnung und da stockte er.

»Ja.«

»Oh«, stieß ich hervor, weil ich nicht damit gerechnet hatte. »Ein Tier, sagtest du, ja?«

Er nickte.

»Ein Pferd?«

Er schüttelte den Kopf und ich dachte darüber nach, welche Tiere in Cinderella mitspielten.

»Ein Vogel?«, fiel es mir ein, da Aschenputtel immer von Vögeln eingekleidet wurde.

Sein Lachen wurde größer und er begann wieder zu nicken.

Verdutzt sah ich ihn an. »Was für ein Nebendarsteller ist das? Ich glaube, du hast das Spiel falsch verstanden, Luce.«

»Sieh nach«, forderte Luce leise und ich nahm neugierig den Zettel von meiner Stirn.

Ich hob die Augenbrauen. Darauf stand nur »Schwalbe«. Ahnungslos hob ich den Blick in Luces ernstes Gesicht. Ein leichtes Lächeln umspielte seine Lippen.

»Eine Schwalbe, weil du eine der zwei Schwalben bist, die mich zum Fliegen bringen.«

Unwillkürlich dachte ich an sein Tattoo auf dem Bauch: Zwei Schwalben flogen ihn hinauf. Eine für seine Schwester Lucy und eine für mich. Das hatte er damals in dem Haus am See gesagt. Ich schluckte. Meine Gefühle überwältigten mich und ich merkte, wie Tränen mir in den Augen brannten. In den Sturmaugen las ich Hilflosigkeit. Als suchte er Trost in dem Grün meiner Augen.

»Luce, ich ...«

»Jetzt bin ich dran«, hörte ich Adam hinter mir sagen.

Unfähig mich zu bewegen, starrte ich immer noch in Luce Gesicht.

»Kat?«

Adam berührte mich an der Schulter und ich löste mich endlich aus meiner Bewegungslosigkeit.

»Ja, ja, na klar.«

Mit einem letzten Blick zu Luce drehte ich mich um, um mit Adam das gleiche Spiel zu spielen. Doch in Gedanken war ich noch immer bei dem Jungen mit den Sturmaugen hinter mir.

KAPITEL 14
Kat

»Damit willst du wandern?«

Es war der nächste Morgen und Adam und ich standen vor meinem Wohnwagen. Weit hinten in der Ferne begann eine orangene Sonne über den Bergen aufzugehen und die Welt in helles Licht zu tauchen. Ein frischer Wind wehte mir die blonden Haare ins Gesicht und ich zog mir die Kapuze meines dunkelblauen NYU Pullovers auf den Kopf.

Trotz der Winterjacke, die mir bis zu den Kniekehlen reichte, ließ mich das Wetter etwas frösteln. Doch ich war positiv gestimmt, wenigstens schneite es nicht.

Mein Blick wanderte zu Adam und ich lächelte. »Wieso?«

Er zeigte auf meine hellbraunen Fellschuhe, die ich trug.

»Mit diesen Schuhen fährst du eher Schlittschuh auf dem Weg zum Breakneck, anstatt dorthin zu wandern.«

Verdutzt hob ich die Augenbrauen. »Es ist kalt und ich habe keine anderen Schuhe dabei.«

Adam hob die Hand. »Gut, warte.«

Er machte kehrt und lief zurück in seinen Wohnwagen. Ich sah ihm immer noch verwirrt hinterher, als sich die Tür hinter ihm schloss.

»Und, bist du startklar?« Emma erschien neben mir und ich entdeckte auch Danny und Luce, die mit ihr zusammen gekommen waren.

»Adam lässt mich mit meinen Schuhen nicht wandern. Ich glaube, er holt gerade eine Alternative.«

»Aus seinem Schrank?«, meldete sich Luce zu Wort und mein Blick glitt zu ihm, als seine Stimme ertönte.

Ungläubig musterte ich seinen schwarzen Hoodie, die Jeans und die dunklen Boots. »Wenigstens zieht er sich vernünftig an. Glaubst du nicht, es wird kalt nur im Pullover im Januar in den Bergen?«

Luce lächelte. »Machst du dir etwa Sorgen um mich?«

Ich schüttelte den Kopf. »Ich habe nur keine Lust auf einen Helikoptereinsatz, der hier allen das Wochenende vermiest.«

»Das wird schon nicht passieren«, winkte er ab und grinste.

»Mit wem wanderst du überhaupt? Ich dachte es sollen immer Zweierteams gebildet werden?«

Er zeigte auf Emma und Danny. »Die beiden sind so nett und nehmen mich auf. Es sei denn, ich soll unbedingt euren Anstandswauwau spielen?«

»Das lässt du schön bleiben«, fauchte ich und obwohl ich mich abwandte, spürte ich Luces Blick immer noch auf mir.

Adam kam schließlich mit einem Paar schwarz-grauer Wanderstiefel wieder. »Die sollten passen. Sie gehören meiner Schwester. Vermutlich hat sie die Stiefel, dass letzte Mal hiergelassen.

Ich bedankte mich mit einem Lächeln. »Dann tausche ich meine Schuhe kurz und wir können los.«

Schnell zog ich Emma in meine Arme. »Wir treffen uns am Houdsen.«

»Ja, pass auf dich auf.«

Ich blickte den dreien kurz hinterher, wie sie im Wald verschwanden, lief dann aber schnell in meinen Wohnwagen, um die Schuhe zu wechseln.

Als ich wieder heraustrat, stand Adam immer noch an der gleichen Stelle. Von den anderen war keine Spur mehr.

Wir begannen den Aufstieg an einer schmalen Passage, die hoch in den Wald führte. Schon kurze Zeit später wusste ich, warum ich unbedingt die Schuhe hatte wechseln sollen.

Durch die Kälte hatten sich auf dem Boden viele rutschige Stellen gebildet, auf denen man selbst mit Wanderschuhen leicht ins Rutschen kam. Immer wieder umfasste Adam meinen Oberarm, um mir Halt zu geben. Nach jedem Kontakt sah er mir kurz in die Augen und schenkte mir ein Grinsen, welches ich stets erwiderte.

Wir folgten einem langen geraden Weg nach oben. Dieser wurde von silbrig glänzenden Tannen und kahlen Sträuchern gesäumt. Noch erahnte man nicht, dass da irgendwo ein Paradies lauern könnte.

Adam ging neben mir und wies mir den Weg.

»Das erinnert mich ein bisschen an zu Hause«, gab ich zu, denn die Stille erdrückte mich. Ich mochte es gerne meine Ruhe zu haben, aber ich war es gewohnt, dass immer jemand da war, mit dem man sich unterhalten konnte.

Adam sah mich fragend von der Seite an.

»Sieht es in Wisconsin auch so aus?«, fragte er schließlich.

»Na ja, nicht ganz, aber wir haben auch ein paar tolle Orte mit Wasser und Seen. Ich bin damals oft mit meinen Eltern am Wochenende rausgefahren.«

»Wie ist es für deinen Dad alleine in Wisconsin?«

»Er ist nicht allein. Meine Gran Lisa ist ja auch noch da.«

»Aber es muss trotzdem schwer für ihn sein.«

Ich schluckte. Mein schlechtes Gewissen kroch in mir hervor und verätzte meine Gedanken. Es gefiel mir nicht, meinen Vater alleine zu lassen. Doch ich musste raus da. Es ging nicht anders.

Adam schien zu merken, dass etwas nicht stimmte, denn er lächelte und tätschelte meine Schulter. »Entschuldige. Ich wollte nichts Falsches sagen.«

Sofort winkte ich ab, doch der Schatten in meinem Herzen blieb. Ich vermisste meinen Dad, gerade nach dem Theater über Weihnachten. Doch mein Zuhause war in New York.

»Und wie kommt es, dass du dich hier so gut auskennst?«, fragte ich ihn, um die schlechten Gedanken zu vertreiben.

»Meine Schwester, mein Bruder und ich sind mit unseren Vätern zusammen sehr oft Bene besuchen gefahren und dabei haben wir herausgefunden, was es für schöne Orte in und um New York gibt. Wir haben damals einfach den Wohnwagen am Auto befestigt und sind losgefahren. Es waren die besten Tage in meinem Leben«, erzählte Adam und stockte dann. Wir waren jetzt gut eine Stunde gelaufen und ich, deren Lieblingssport es war, Eiscreme zu essen und dabei Serien zu suchten, war mittlerweile ziemlich aus der Puste.

Adam zog ein paar Äste zur Seite und wir schoben uns durch ein Dickicht voller ziepender Sträucher, die sich trotz Kapuze in meinen Haaren verfingen.

Und dann sah ich das Paradies.

Während ich mich durch die letzten paar Büsche wand, fingen meine Augen das türkisblaue Gewässer ein. Wir standen mitten auf einem Berg, von dem tosende Wassermassen hinabfielen.

»Wow.« Mehr brachte ich nicht hervor.

»Komm.« Adam machte eine auffordernde Handbewegung und ging vor. Wir mussten einige kleine Erhebungen überqueren, um auf die andere Seite direkt an den Wasserfall zu gelangen. Adam stieg selbstbewusst über die Steine, als hätte er es schon zigmal gemacht, was bestimmt auch der Wahrheit entsprach. Ich dagegen kam bei der Hälfte ins Straucheln. Durch die Feuchtigkeit und die Kälte waren die Steine rutschig. Ich schlitterte und vor Schreck verlor ich das Gleichgewicht. Adam hielt mich reflexartig an meinem Oberarm fest, trotzdem rutschte ich in das kühle Nass unter mir.

»Verdammt«, fluchte ich, als eiskaltes Wasser von oben durch meine Stiefel sickerte und nach und nach meine Socken durchnässte.

»Ich habe dich.« Adam zog mich aus dem Wasser und brachte mich heil über die Steine. Dann zeigte er auf einen großen Felsen direkt am Wasserfall.

»Komm, aber sei vorsichtig. Man kann ganz schnell das Gleichgewicht verlieren«, scherzte Adam.

»Was du nicht sagst«, antwortete ich.

Wir gingen zu dem Stein hinüber und ich vergaß die nassen Socken, als ich den Ausblick entdeckte. Man konnte den Wasserfall hinunterblicken und auf die endlosen Weiten hinausschauen, die von Tannen und ländlicher Atmosphäre geprägt waren. Dadurch, dass wir uns so weit oben auf dem Berg befanden, war es fast warm unter den Sonnenstrahlen, die vom Himmel fielen.

Es fühlte sich an, als würde ich fliegen. Mein Herz schlug schnell in der Brust und unten brachen donnernd die Wellen.

»Zieh die Schuhe aus«, forderte Adam mich auf.

Nur widerwillig riss ich mich vom Anblick los und nahm neben Adam Platz, der eine Decke aus seinem Rucksack geholt und sie auf dem Stein ausgebreitet hatte. Strahlend sah ich ihn an.

»Gefällt es dir?«

»Das ist einfach unglaublich schön.«

Ich zog die Schuhe aus und kramte aus meinem Rucksack ein paar Notfallsocken, die ich vorsichtshalber eingepackt hatte. Die Schuhe ließ ich erst einmal in der Sonne stehen, damit ich nicht auch die nächsten Socken durchnässte.

Adam lächelte mich an, aber ich schaute mich nach Emma, Danny und weiteren Mitwanderern um, doch niemand war zu sehen.

»Sind wir die Ersten? Wo sind die anderen? Wir sind doch die letzten gewesen, die los gewandert sind.«

Immer noch lächelte Adam nur. »Ich habe mir erlaubt, dich etwas anders zu lotsen.«

Im ersten Moment wusste ich nicht, was ich sagen sollte. »Wo ist Emma?«

Er hob die Hand und zeigte nach unten, den Wasserfall hinab. »Sie sind dort unten, aber ich wollte dir diesen Ausblick nicht vorenthalten.«

Mein Herz schlug stärker, doch ich wusste nicht, ob es ein schönes Gefühl war. »Wissen Emma und Danny wo wir sind?«

»Nein, es sollte eine Überraschung sein.«

Ich fühlte ein Flattern in meinem Magen. Einerseits liebte ich diesen Anblick und die Tatsache, dass Adam mich hierhergebracht hatte, um es mir zu zeigen. Andererseits hätte ich es gerne gehabt, dass Emma davon Bescheid wusste.

Wie sollte man uns finden, sollte uns etwas passieren?

»Hab keine Angst, Kat. Dir wird nichts geschehen«, sagte er, als hätte er meine Gedanken gelesen.

Ich winkte ab, ich wollte mich nicht unnötig aufspielen. Es war eine nette Geste von Adam gewesen, diesen Ort mit mir zu teilen. Warum also konnte ich sie nicht richtig genießen?

»Dies ist mein Lieblingsort hier. Ich habe bis jetzt nur

eine Person hier hochgebracht, meine beste Freundin, Maya vor ein paar Jahren. Ich zeige ihn nur ausgewählten Leuten.«

Ich hörte Emmas Stimme in meinem Kopf, die sagte, es wäre nur etwas Besonderes, wenn man diejenige wäre, die diesen Ort als Erstes zu sehen bekommen hätte.

»Danke, dass du ihn mir gezeigt hast.«

Adams Lächeln wurde breiter und plötzlich merkte ich, wie er meine Hand in seine nahm.

»Adam, ich ...«

Bevor ich etwas sagen konnte, schüttelte er den Kopf. »Schalte dein Gehirn aus und genieße es.«

Ich ließ mir seine Worte durch den Kopf gehen und bemerkte, wie ich mit meinen Gedanken an einen Tag vor ein paar Wochen rutschte. Ich dachte an den Tag zurück, an dem ich mit Luce in Long Beach in einem Hotelzimmer gewesen war. Ich erinnerte mich an das Gefühl zurück, als er plötzlich vor mir in der Dusche gestanden hatte. An diesem Tag hatte ich nicht gegrübelt, ich hatte gehandelt. In diesem Moment hatte ich gewusst, was ich wollte, da war es mir gleich gewesen, wer wusste, wo ich war. Da zählte nur, mit wem ich dort war.

Ich schluckte und starrte auf Adams und meine verschränkten Finger. Es war nicht fair von mir, gerade in diesem Moment wieder an Luce zu denken.

»Kat.«

Ich blickte auf und spürte plötzlich seine Lippen auf den meinen. Kurz war ich starr, in der Situation gefangen. Dann waren sie wieder fort, doch Adams Atem war immer noch auf meinem Gesicht.

Mein Herz klopfte in meiner Brust.

»Kat, ich weiß, ich habe gesagt, wir lassen uns Zeit. Lernen uns kennen. Doch du bist das Mädchen, das ich immer gewollt habe.«

Mein Herz schlug schneller, aber jetzt wusste ich, dass es Panik war, die durch meinen Körper schoss. Als ich nichts sagte, legten sich wieder seine Lippen auf meine. Erst als ich seine Zunge spürte, die meine Lippen teilen wollte, zuckte ich zurück.

Kurz davor hinten überzukippen, konnte ich mich an seiner Hand festhalten. Enttäuschung flutete Adams Gesicht und ich wusste nicht, was er in meinem finden würde.

»Was ist los?«

»Ich ... Ich ... Ich habe dir gesagt, ich brauche Zeit. Das ich noch nicht so weit bin«, stammelte ich.

Adam ließ meine Hand los, doch ich spürte den Druck noch immer, den er auf meiner Haut hinterlassen hatte.

»Es ist wegen Luce«, sagte er dann.

»Nein, ich ...«

»Verdammt, ich hätte ihn nicht mitnehmen sollen. Aber ich habe gedacht, wenn du siehst, wie verkorkst er ist, dann siehst du mich in einem anderen Licht.«

Verwirrt hob ich die Augenbrauen.

»Was meinst du damit?«

Seine blauen Augen trafen mich. »Danny wollte ihn nicht unbedingt dabeihaben. Ich dachte, ich ziehe aus seinem aussichtslosen Verhalten meine Vorteile.«

»Das heißt, du hast mich angelogen?« Unwillkürlich dachte ich an das Gespräch beim Essen und Dannys Aussage zurück.

»Lügst du nicht auch?«, fragte Adam dann scharf. Ich ging einen Schritt zurück, runter vom Stein.

»Wieso sollte ich?«

»Du lügst in Bezug auf deine Entscheidung. Du sagst mir, zwischen dir und Luce ist es vollkommen aus. Aber ich bemerke doch, wie du ihn ansiehst, Kat.«

»Das stimmt nicht.«

»Nein? Immer, wenn er dir tief in die Augen guckt oder dir bei dem Spiel ›Errate den Helden‹ einen kitschigen Disneyfilm zuweist, dann sehe ich, wie du auf ihn reagierst.«

Ohne etwas zu sagen, starrte ich Adam an. Mir fehlten die Worte. Wieso stand ich hier und diskutierte mit ihm über Luce? Er hatte mir Zeit geben wollen und war nun sauer, weil ich noch nicht für einen Kuss bereit war?

»Ich habe dir gesagt, dass ich das, was ich für ihn empfinde, nicht einfach so abstellen kann. Dass ich Zeit brauche.«

»Das, was du für ihn zu empfinden glaubst, ist eine Farce. Das Einzige, was du empfindest, ist Lust. Weil du ihn sexy findest.«

Ich trat einen Schritt auf Adam zu und er stand nun vor mir.

»Pass auf, was du sagst.« Meine Stimme war ruhig, aber mein Puls stieg. Wieso eskalierte diese

Situation so?

»Ich sage dir die Wahrheit. Alles, was du fühlst, wenn du in seiner Nähe bist, kommt nicht von deinem Herzen, sondern von einer Station tiefer.«

Mein Mund blieb offen stehen und ich hatte keine Worte mehr. Wie schnell konnte sich ein Moment so derartig verändern?

»Du bist doch nur in deinem Ego verletzt, weil ich dir nicht gleich meine Zunge in den Hals stecken will.«

Adam schreckte zurück und erstarrte plötzlich. Als liefe hinter seinen Augen ein Film ab, sah er ins Leere.

Ich griff nach meinem Rucksack und schnallte ihn auf meinen Rücken. In dem Moment, als ich meine Stiefel anziehen wollte, spürte ich Adams Hand auf meiner Schulter.

»Kat. Es tut mir leid. Ich wollte dich in keiner Weise bedrängen.«

Verunsichert zog ich die Stirn kraus. »Wieso lügst du dann? Vielleicht hatten Danny und Emma doch recht und du bist nicht der nette Kerl, den du mir aufbinden willst!«

Plötzlich funkelte Wut in seinen Augen. »Du solltest dich lieber an mich halten, wenn du glücklich werden willst«, sagte er und seine Hand umfasste meinen Hinterkopf. Seine Finger verfingen sich in meinen Haaren und er wollte mich wieder zu einem Kuss zu sich heranziehen.

Doch da stieß ich ihn von mir weg. Voller Panik stolperte ich zurück und rannte mit schnellen

Schritten Richtung Wald. Mein Puls raste, mein Atem ging schnell.

Die rutschigen Steine überquerte ich nun wie selbstverständlich.

»Kat«, schrie Adam mir hinterher, doch ich blickte nicht zurück, sondern lief durch die Sträucher in den Wald, in der Hoffnung, meine Freunde zu finden.

KAPITEL 15

Luce

»Hier.«

Ich sah den Schokoriegel an, den Emma mir hinhielt.

»Du siehst aus, als hättest du das Frühstück ausgelassen.«

Ich zuckte mit den Achseln, aber mein Magen machte passend dazu ein knurrendes Geräusch.

»Hier nimm.« Sie wedelte mit dem Snickers vor meiner Nase. »Dann wirst du auch deine Diva in dir los.«

Dankbar entfernte ich die Verpackung von der schokoladigen Köstlichkeit, um genüsslich davon abzubeißen.

»Wahrscheinlich ist mir bei der Gesellschaft der Appetit vergangen«, murmelte ich.

Emma hob die Augenbrauen. »Meinst du Adam?«

»Oder meinst du dich selbst? Mir vergeht auch immer der Appetit, wenn ich deine Visage beim Frühstück sehen muss«, witzelte Danny.

Ich hob meinen Mittelfinger in Richtung meines besten Freundes. »Es macht nicht gerade Spaß, diesem Mistkerl dabei zuzusehen, wie er sich in Kats Herz lügt. Gestern Abend hat mir gereicht.«

»Lügner?« Emma lachte. »Musst du gerade sagen.«

Ich schaute in die blauen Augen von Kats bester Freundin und wusste, ich würde lange, lange Zeit bei ihr auf dem Prüfstand stehen. Sie beschütze Kat mit allem, was sie tat, und ich hatte Kat wehgetan. Das würde

Emma nicht so leicht wieder vergessen.

»Vielleicht habe ich Fehler gemacht, aber gelogen habe ich nicht.«

»Sagt der, mit der schwangeren Ex-Freundin.«

Wut stieg in mir auf, aber sie war nicht an Emma gerichtet. Ich war so wütend auf mich selbst. »Sie war nicht meine Freundin.«

»Aber dein One-Night-Stand, den du vergewaltigt und geschwängert hast.«

Unwillkürlich machte ich einen Satz nach vorn und stand nun dicht vor Emma, die sich mir herausfordernd stellte.

»Emmy.« Es war Dannys Stimme hinter mir.

»Ich habe das nicht getan.«

»Und das soll man dir glauben?«

»Ich liebe Kat. Ich habe leichtfertig mit ihrem Vertrauen gespielt, habe sie nicht an meiner Gefühlswelt teilhaben lassen. Das weiß ich jetzt. Aber ich kämpfe, bis ich sie wiederhabe.«

Emma beäugte mich, zunächst skeptisch, aber dann veränderte sich etwas in ihrem Blick.

»Du willst sie wirklich zurück? Weil du sie liebst?«

»Ja.« Frustriert raufte ich mir die Haare. »Glaubst du denn nicht, ich weiß, dass es besser wäre, wenn sie Adam nimmt. Dass sie sich für jemanden entscheidet, der nicht ins Gefängnis muss, weil man ihm die Wahrheit nicht glaubt.«

»Erzähl mir die Wahrheit«, befahl Emma dann klar und deutlich. Ihre Gesichtszüge waren wachsam und ernst.

Vorsichtig erzählte ich von dem Tag, als ich bei dem Mädchen gewesen war. Dass ich damit einverstanden gewesen war, sie hart zu nehmen. Dass es ihr eigener Wunsch gewesen war. Dass die Verzweiflung, dies nicht beweisen zu können, mich komplett irre machte. Ich verriet ihr von dem Fehler meines Lebens, das Kondom vergessen zu haben. Ich erzählte ihr von der Anhörung und von diesen schrecklichen Fotos. Von meiner Erschrockenheit, dass ich dazu fähig gewesen war, solch etwas einem Mädchen angetan zu haben. Und zu guter Letzt von dem kleinen Fünkchen Hoffnung, die Schuld abzuwenden und nicht ins Gefängnis gehen zu müssen.

In Emmas Augen glänzte etwas, das ich nicht zuordnen konnte. Alle, die in Hörweite waren, starrten mich an und ich würde jedem am liebsten die Ohren abreißen, weil sie nichts Besseres zu tun hatten, als zu lauschen. Danny erschien neben Emma und legte den Arm um sie.

»Verstehst du nun, wieso ich deine Hilfe brauche?«, sagte Danny dann zu Emma.

Ich zog verwirrt die Stirn in Falten. »Was meinst du?«, fragte ich meinen besten Freund.

Emmas Augen lagen ebenfalls auf ihrem Freund und sie berührte ihn an der Brust. Der tanzende Deadpool auf seinem Pullover, der zwischen seiner Jacke hervorblitze, passte so gar nicht zu der drückenden Stimmung, die sich um den Wasserfall ausgebreitet hatte.

»Er hat mich gefragt, ob der Anwalt meiner Eltern deinen Fall übernehmen würde«, erzählte Emma und ihr Blick traf mich.

Irgendwo, tief in dem dunklen Loch in meiner Brust, keimte ein Funke Hoffnung. Mein Herz schlug unregelmäßig, während ich wartete, was Emma dazu sagen würde.

»Glaubst du mir denn inzwischen? Wenigstens ein bisschen?«

»Wenn ich ehrlich sein soll, es fällt mir sehr schwer. Aber du bist hier, du kämpfst mit dir. Du beginnst zu verstehen, was der Auslöser für diese Trennung war. Nämlich nicht deine Anklage, sondern dein Verhalten gegenüber Kat. Dein Ausschließen. Wenn wir wieder in New York sind, ruf ich meine Eltern an.«

Ich riss überrascht die Augen auf, packte Emma und hob sie in meine Arme. Sie machte ein glucksendes Geräusch, als sie den Boden unter ihren Füßen verlor, aber sie lachte.

Als ich sie dann zurück auf den Boden stellte, wurde sie wieder ernst.

»Ich tue das für Kat, nicht für dich. Es dauert noch sehr lange, bis ich wieder anfange, dich zu mögen. Und ob überhaupt, das wird die Zeit zeigen. Glaub mir, ich lasse dich nicht aus den Augen. Außerdem heißt es nicht, dass er den Fall wirklich übernimmt«, meinte sie dann und ich schloss für einen Moment die Augen.

»Hoffnung ist alles, was ich brauche.«

KAPITEL 16

Kat

Anruf fehlgeschlagen. .

Ich starrte panisch auf meinen Handybildschirm, der mir sagte, dass ich keinen Empfang hatte.

Mein Blick wanderte über die Büsche um mich herum und ich musste feststellen, dass ich mich verlaufen hatte. Ich wusste nicht, wo ich war, und die Offline-Wanderkarte hatten natürlich die Männer auf ihre Handys runtergeladen. Toll, Kat, sehr klug von dir. Adam hatte recht, ich würde ohne ihn nicht zurückfinden. Emma und die anderen waren so nah und doch wusste ich nicht, wo ich hinmusste, um zu ihnen zu gelangen. Ich schob ein paar kahle Äste weg und lief den Weg zurück, den mir meine Erinnerung als Hinweg nannte. Nur wusste ich nicht, ob ich mich darauf verlassen konnte. Ständig stolperte ich über den unebenen Boden, denn ich hatte ja bei meinem überstürzten Abgang meine Wanderstiefel stehen lassen. Zum einen, weil es nicht meine waren und zum anderen, weil es das Letzte war, an was ich gedacht hatte. In diesem Moment hatte ich nur von Adam und seinem falschen Gesicht weglaufen wollen. Noch immer verstand ich diese Situation am Wasserfall nicht. Adams Reaktion war mir ein Rätsel. Doch auch von mir selbst war ich enttäuscht.

In dem Moment, als Adams Lippen meine berührt hatten, war ich mit den Gedanken sofort wieder bei Luce gewesen. Zwar stand ich immer noch zu hundert Prozent hinter meiner Entscheidung, Luce zu verlassen, doch es ärgerte mich, dass er immer noch durch meine Gedanken geisterte und mich daran hinderte, frei zu sein. Ich schob mich durch ein paar Sträucher und schrie plötzlich laut auf, als ich spürte, wie sich etwas Spitzes direkt in meinen Fuß bohrte. Mit klopfendem Herzen stand ich da, bis ich zu einem kleinen Baumstumpf humpelte und mich darauf fallen ließ. Ich wischte mir den Schweiß von der Stirn und zog mir die rechte durchweichte Socke aus. Ein großer schwarzer Dorn steckte in meinem Fuß, darunter quoll Blut hervor.

»Mist«, fluchte ich und zog ihn mit angehaltenem Atem einfach raus. Der Schmerz nahm mir kurz die Sicht und ich blieb eine Zeitlang einfach nur sitzen und wartete, bis sich mein Kreislauf normalisierte. Ich streifte meinen Rucksack vom Rücken und öffnete ihn. Darin waren ein Snickers, eine Wasserflasche, ein weiterer Schal, zwei Haargummis und eine Packung Taschentücher. Seufzend griff ich nach den Taschentüchern und den Haargummis und stellte den Rucksack zur Seite. Vorsichtig versuchte ich, die Wunde zu säubern, und bastelte mir dann einen Verband aus dem Rest der Tücher. Mit den Haargummis befestigte ich meine provisorische Erste Hilfe, bevor ich wieder die Socke darüber zog. Dann sah ich wieder auf mein Handy, nur um festzustellen, dass ich noch immer kein Netz hatte. Was sollte ich tun? Wo waren die anderen? Würde Adam doch versuchen, mich einzuholen?

Während mein Blick über das Gestrüpp und die dichten Fichten wanderte, überrollte mich noch einmal die Panik. Doch ich biss die Zähne zusammen. Ich würde es schon schaffen. Aufgeben stand nicht zur Debatte.

****

Luce

Ich setzte meine Trinkflasche an, während ich auf die herabstürzenden Wassermassen blickte. Dies war ein schöner Ort und ich erinnerte mich an den Abend zurück, als ich ebenfalls am Wasser gesessen hatte. Mit Kat. An dem Abend in Wisconsin. Dort war alles ruhig und friedlich gewesen. An dem Abend hätte ich niemandem geglaubt, der gesagt hätte, am nächsten Morgen würde wieder alles in die Brüche gehen.

Ein Gelächter hinter mir ließ mich aufsehen und ich entdeckte dieses Arschloch Adam, der mit Graham einschlug und mit all den anderen feierte, das Ziel erreicht zu haben. Mein Blick glitt an ihm vorbei und ich suchte hinter ihm nach Kat. Meine Augen wanderten von Gesicht zu Gesicht, bis sie wieder bei Adam ankamen. Dieser stand lachend da, mit hochgekrempelten Hosenbeinen, die trotzdem nass waren. In den Händen trug er ein paar graue Wanderstiefel. Ich stockte und war so schnell auf den Beinen, dass Danny, der neben mir stand, einen erschrocken Laut ausstieß.

Mit zwei großen Schritten war ich bei Adam und

baute mich selbstsicher vor ihm auf, weil ich wusste, dass meine Größe immer den gewünschten Effekt hatte.»Wo ist sie?«

Adam musterte mich angriffslustig. »Wer?«

»Wo ist sie?«, wiederholte ich, ohne auch nur auf seine Frage zu reagieren.

»Sie hat sich abgesetzt.«

Es war wie ein Faustschlag direkt in meinen Magen. Mir wurde flau und schwindelig. »Was soll das heißen?« Meine Stimme wurde lauter. Schon wieder starrten mich alle an.

»Wir haben uns gestritten und sie ist einfach davongestürmt.«

»Ohne Schuhe?«

Adam zuckte mit den Achseln. Ich spürte Danny hinter mir und erst da bemerkte ich, dass meine beiden Hände zu Fäusten geballt waren.

Ich wusste, wenn ich jetzt zuschlug, würde das im Prozess gegen mich verwendet werden. Daher gab ich Adam unter immensen Anstrengungen nur einen Schubs, so dass er zurück stolperte und ihm die Stiefel aus den Händen fielen.

»Wo wart ihr?«, fragte ich Adam.

Er deutete in die Richtung. »Oben am Wasserfall.«

Ohne ein weiteres Wort schnappte ich mir die Stiefel und wollte schon loslaufen, als sich Emma mir in den Weg stellte.

»Wo willst du hin?«

Die Panik und die Ungewissheit, wo Kat steckte,

schnürten mir die Kehle zu. Ich konnte nicht antworten, doch das brauchte ich auch nicht.

»Wir gehen zusammen«, sagte Danny hinter mir.

»Das ist nicht nötig.«

»Sie ist meine beste Freundin. Wir werden sie finden. Besser, wir gehen zu dritt, als wenn wir nachher zwei Personen suchen müssen.«

»Ich kann auf mich aufpassen«, presste ich hervor.

Daraufhin lachte Emma. »Das glaubst du doch wohl selber nicht.«

»Außerdem habe ich die Offline-Wanderkarte«, schaltete sich Danny ein.

Schließlich gab ich mich geschlagen und wir holten unsere Rucksäcke. Dann ließen wir die Gruppe hinter uns, um nach Kat zu suchen.

****

Kat

Ein Krächzen über meinem Kopf ließ mich zusammenfahren und ich sah, wie ein Vogel durch die Bäume hindurch schoss und in seinem Nest verschwand, das er sich hoch in den Wipfeln gebaut hatte.

Ich beobachte eine Weile, wie er rein- und rausflog und immer wieder zurückkam, bis ich schließlich weiter humpelte.

Es war nur in Socken schwierig genug gewesen, zu laufen. Jetzt mit einem verletzten Fuß war es umso schwerer. Trotzdem kämpfte ich mich weiter vor. Irgendwo musste ich ja Netz haben, damit ich Emma anrufen konnte.

Den Gedanken, was ich tun sollte, wenn ich nicht zurückfand, verdrängte ich tief in meinem Kopf.

Wie lange ich umherirrte, wusste ich nicht. Doch ich würde zurückfinden.

Ich kam an einer Lichtung vorbei, auf dem ein hölzerner Hochsitz stand. Dort oben versteckten sich Jäger, um ihre Beute besser und gezielter erschießen zu können. Erschaudernd fühlte ich, wie meine Knochen schwer wurden und ich mir nur noch wünschte, dass ich Ruhe fand. Ein paar Minuten ausruhen und dann würde ich weitersuchen. Mit meiner letzten Kraft und umständlich durch meine Verletzung kletterte ich den Hochsitz hoch. Dank der Überdachung und dem dunklen Holzrahmen war es windstiller und nicht so kalt. Ich hockte mich in eine Ecke und zog das eine Knie an mich. Das Bein mit dem verletzten Fuß ließ ich gerade ausgestreckt. Dann atmete ich tief ein und aus, um mein klopfendes Herz zu beruhigen. Hoffnungsvoll kramte ich mein Handy aus meiner Jackentasche und wurde von einem immer noch nach Netz suchenden Bildschirm begrüßt. Außerdem bereitete mir der Akkustand von nur noch 20 % zunehmend Sorge.

Seufzend legte ich das Handy beiseite und suchte in meinem Rucksack etwas zu essen. Mein Magen knurrte, als hätte ich vor Jahren das letzte Mal gegessen. Es kam mir ewig vor, dass wir losgewandert waren. In Wahrheit waren es nicht mal ein paar Stunden.

Glücklich aufseufzend entdeckte ich das Snickers wieder, dass mir Emma in den Rucksack geworfen hatte. Genüsslich zerriss ich das Papier und begann, es zu essen, während ich auf eine rettende Idee wartete.

KAPITEL 17

Luce

Es war scheißekalt. So richtig kalt. So kalt, dass ich glaubte, mir wichtige Körperteile abzufrieren.

Emma, Danny und ich streiften durch die Wälder, Danny immer mit seinem Handy vor der Nase. Er berechnete irgendwelche Längen und Breiten und versuchte nachzuvollziehen, wo Kat hingelaufen sein musste, nachdem sie vom Wasserfall fortgelaufen war. Dem Wasserfall, der mittlerweile vor uns lag. Es war ein eindrucksvoller Anblick. Viel faszinierender, als ihn von unten zu betrachten. Wieso hatte Adam sie hierher gebracht? Weg von uns anderen. Ich stockte. Klar, er wollte mit ihr alleine sein, aber was hatte Kat dazu veranlasst, vor ihm fortzulaufen? Was hatte Adam ihr angetan? Ich erschauderte, und zwar nicht nur wegen der Kälte. Trotzdem war es keine gute Idee gewesen, nur mit einem Hoodie in den Bergen wandern zu gehen. Das musste ich gestehen. Kat hatte wie immer Recht gehabt, aber das hätte mir auch der gesunde Menschenverstand sagen müssen.

»Willst du meinen Schal?« Emma sah mich mit ihren blauen Augen an, auch in ihrem Blick las ich Angst und Panik.

Sie hielt mir ihren pinken Schal hin.

»Den soll ich mir umbinden?«

»Besser, als sich hier wichtige Körperteile abzufrieren«, wiederholte sie meine Gedanken und wedelte mit dem

Wollschal vor meinem Gesicht herum.

Ich beäugte das Ding und nahm den pink geflochtenen Schal entgegen, um ihn mir um den Hals zu schlingen.

Dann sah ich hoch in zwei grinsende Gesichter.

»Pink steht dir, Bro. Solltest du öfter mal tragen.«

Wieder mal zeigte ich meinem Freund den Mittelfinger, vergrub aber meine eingefrorene Nase in der warmen Wolle.

»Ich würde dir ja meine Jacke geben, aber du hast selbst Schuld, Kumpel.«

»Ja, halt einfach deine Klappe und lass uns weitersuchen.«

Danny sah sich um und ließ den Blick immer zwischen dem Wald und dem Handybildschirm hin und her schweifen. »Wenn sie von hier losgelaufen ist, kann sie nur wieder den gleichen Weg zurückgenommen haben. Anders geht es nicht.«

»Dann los«, rief Emma und zog Danny am Arm.

»Wie lange seid ihr eigentlich schon ein Paar? Ich glaube, ich habe das nicht so richtig mitbekommen«, fragte ich plötzlich.

»Kriegst du denn überhaupt irgendwann mal was mit?«, meinte Danny und verdrehte die Augen.

Ich verzog das Gesicht. »Erzähl schon, das lenkt mich von der verdammten Kälte ab.«

»An dem Tag, als du nach Wisconsin losgeflogen bist, habe ich Emma einen Comic von Thor und eine Rose geschickt.«

»Du Charmeur.«

Danny lachte. »Nun ja, daraufhin haben wir uns verabredet.«

»Und dann habt ihr Thor gesehen, lasst mich raten?«

Emma nickte. »Und danach After Passion.«

»Alter, du hast diesen Teeniefilm geguckt?« Ich musste lachen.

»Würdest du das für Kat nicht auch tun?«, fragte Emma und ich stockte.

Natürlich würde ich das tun. Ich würde nackt auf dem Times Square den Ententanz aufführen, nur um sie lachen zu sehen.

Automatisch nickte ich.

»Ich freue mich auf jeden Fall für euch.«

Und das war mein Ernst. Ich wünschte mir, dass mein bester Freund glücklich war. Das hatte er verdient, nach allem, was er mit mir durchmachen musste.

Seufzend nahm ich mein Handy wieder aus der Pullovertasche und versuchte zum hundertsten Mal an diesem Tag, Kats Nummer zu wählen.

»Hi, hier ist Kat. Ich kann momentan nicht rangehen, aber sprecht gerne drauf.«

Es schmerzte, ihre Stimme zu hören. Alles, was ich wollte, war sie so fest in meine Arme zu nehmen, wie ich konnte. Nur war es eine Tatsache, dass ich wohl der letzte Mensch auf dieser Welt war, den sie sehen wollte. Und konnte man es ihr verübeln? Nein, niemand konnte das.

Mittlerweile wusste ich nicht mehr, wie lange wir schon nach Kat suchten, doch der tiefe Stand der Sonne machte mir Angst. Als wir auf eine große Lichtung kamen, blieben wir stehen und sahen uns an.

»Sollten wir nicht lieber die Polizei rufen?«, fragte Emma. »Bald wird es dunkel.«

Einen kurzen Moment ließ ich den Blick über die dämmernde Lichtung schweifen und versuchte, zu überlegen, was richtig war. Schließlich nickte ich.

»Ich rufe sie noch einmal an. Wenn das Handy dann immer noch aus ist, dann rufe ich die Polizei.«

Danny und Emma stimmten zu und ich wählte Kats Nummer. Stille, bis schließlich ein Freizeichen erklang. Mein Herz setzte aus. Keine sofortige AB-Ansage. Das war mehr, als ich gehofft hatte. Nun musste sie nur rangehen. Nervös lief ich herum und drückte mir das Handy ans Ohr. »Bitte, Kat. Geh ran.«

Es tutete immer wieder und ich wartete auf die Ansage, die bald ertönen würde. Doch dann hörte ich etwas anderes. War da Musik?

Schwer atmend sah ich mich um, drehte mich dann um meine eigene Achse und mein Blick fiel auf einen Jägerhochsitz. Ich stockte.

Sofort legte ich auf und begann den Anruf von Neuem. Mit schnellen Schritten lief ich auf den riesigen Hochsitz zu und sah an ihm hinauf. Und dann hörte ich es eindeutig: die Titelmusik von Greys Anatomy.

Auch Emma musste es gehört haben, denn sie war plötzlich an meiner Seite und schrie Kats Namen.

Wieder beendete ich den Anruf und die Musik verstummte.

Einen Sekundenbruchteil lang stand ich einfach nur starr da, dann rannte ich los. Ohne zu zögern, kletterte ich den Hochsitz hinauf und blickte mich um. Und da war sie.

In eine Ecke gekauert saß sie da. Das Handy hielt sie in ihrer Hand. Sie hatte den Kopf an der Wand angelehnt und ihre Augen waren geschlossen.

Sofort war ich an ihrer Seite.

»Kat? Kat?«, stammelte ich und schüttelte ihre Schultern.

»Was zur Hölle machst du hier oben?« Panik schoss wie Säure durch meine Adern. »Katharina? Bitte.« Ich konnte sie nicht verlieren. Was sollte ich tun?

Plötzlich hörte ich ein leises »Ergh.«

»Engelchen?«

Kats grasgrüne Augen öffneten sich und ich atmete erleichtert aus.

»Was machst du nur hier oben?«, fragte ich wieder und drückte sie an meine Brust.

»Kalt«, stammelte sie. »Aufwärmen.«

Ich nickte und strich ihr erleichtert die Haare aus dem Gesicht.

»Luce?«, fragte sie dann. »Bist du das?«

»Ja. Kat, bitte, du kannst später wieder sauer auf mich sein, wenn du in Sicherheit bist. Aber jetzt lass mich dich einfach wieder nach Hause bringen, bitte.«

Sie schüttelte den Kopf und es versetzte mir einen Stich. War es womöglich wirklich vorbei zwischen uns? Es war, als würde der Abgrund noch ein wenig mehr unter mir einbrechen und ich schluckte.

Ihre Augen richteten sich das erste Mal direkt auf mich und sie verzog das Gesicht zu einem Lächeln.

Es war ein kleines und nur schwaches Heben ihrer Mundwinkel, aber es erreichte mein Herz in Rekordgeschwindigkeit.

»Es ist kalt«, sagte sie zitternd und ich nickte.

»Ich weiß, das glaub ich dir aufs Wort.«

Sie sah auf meinen Pullover und den pinken Schal um meinen Hals.

»Schicker Schal, Snow.«, sagte sie und ich musste lachen.

»Hab dir ja gesagt, es ist zu kalt. Aber du hörst nie auf mich.«

Ich sah sie traurig an, denn sie hatte Recht. Dies war einer der Gründe, wieso ich dieses Mädchen vor mir verloren hatte.

Kat zitterte am ganzen Körper, sodass ich sie fester in meine Arme nahm.

»Was tust du denn? Wo ist Emma?«

»Ich bringe dich zurück in den Wohnwagen. Emma wartet unten auf dich.«

Seufzend ließ sie den Kopf auf meine Brust sinken. Plötzlich war es, als würde alle Kraft aus meinem Körper sickern. Kat in meinen Armen zu spüren und zu wissen, dass es nur für diesen Moment war, brach mir das Herz.

Als ich mich erhob und mit Kat zusammen Richtung Treppe ging, fiel mein Blick auf ihre Füße.

»Wieso um alles in der Welt hast du deine Schuhe ausgezogen?«, fragte ich sie und sie lachte leise.

»Das ist eine lange Geschichte.«

Ich nickte und die Neugierde brannte in mir, doch ich half ihr kommentarlos beim Abstieg.

KAPITEL 18
Kat

Nachdem Luce mir aus dem Hochsitz geholfen hatte und ich voller Erleichterung in Emmas Arme gesunken war, hatten wir es dank Dannys Führungsfertigkeiten zurück zur Wohnwagenanlage geschafft. Mittlerweile hatte die Dämmerung eingesetzt. Luce, der mich den ganzen Weg getragen hatte, schwieg. Meine Wange lag an seiner Brust und ich hörte das leise Klopfen seines Herzens. Wieder hatte er mich gerettet. Wieder trug er mich auf seinen Armen aus dem Schlamassel. So wie damals.

Es war still, als wir den Wohnwagenplatz betraten. Der Kies unter Luces Stiefeln knirschte und ein Schauer lief über meinen Körper, obwohl er eine gewisse Körperwärme abgab, die mir sehr entgegenkam. Genauso wie sein Geruch. Ich wollte mir nicht eingestehen, wie sehr ich diesen Geruch vermisste. Dieser Duft zeigte mir, wie wohl ich mich bei ihm fühlte, wie sehr ich mich nach ihm sehnte. Ich entschied mich einfach dafür, diesen Moment zu genießen, mich wohl zu fühlen. Wenn der morgige Tag anbrach, würden wir wieder getrennte Wege gehen.

»Bist du wach, Engelchen?«

Wie sollte ich das nicht sein? Mein Herz und mein Körper waren viel zu aufgekratzt, als dass ich auch nur an Schlaf denken konnte.

Ich hob den Blick und diese Sturmaugen schienen fast

silbrig im Schein der Lampen um uns rum. Es war mir so, als läse ich Erleichterung in seinen Augen. Als hätte er genauso eine Angst gespürt wie ich.

»Ich setze dich kurz ab, ja?«

Luce ließ mich auf eine kleine Bank abseits der Wohnwagen herunter. Wieder sah ich an ihm hoch und lächelte.

Emma ließ sich neben mir nieder und nahm mich in ihre Arme.

»Ich hatte so Angst«, sagte sie leise.

Gott sei Dank hatten die drei mich gefunden.

Danny und Luce entfernten sich Richtung Wohnwagen und ich seufzte.

»Katty?«, fragte Emma mich. »Wie kam es zu all dem?«

»Adam und ich haben uns gestritten. Danny hatte Recht, er hat wirklich gelogen über den Grund, wieso Luce dabei ist.«

Emma schaute mich traurig an.

»Und das war alles? Deswegen bist du weggelaufen?«

Ich zuckte mit den Achseln. »Wir haben uns geküsst. Aber ich habe gemerkt, dass mir dieses Kribbeln fehlt. Dieses Schweben und das Alles-um-sich-herum-vergessen.«

»Dann ist das so. Wir finden schon jemanden für dich, wo es sich so anfühlt«, versuchte Emma mich zu trösten.

»Adam war nicht begeistert«, fügte ich hinzu.

Nun zuckte Emma mit den Schultern. »Er muss das akzeptieren.«

»Er meinte, Luce wäre daran Schuld. Dass ich nicht frei für Neues sein kann, weil ich noch an ihm hänge.«

»Du kannst ja auch deine Gefühle nicht einfach so abstellen. Das geht nicht.«

Ich seufzte.

»Willst du Luce noch eine Chance geben?«

Überrascht sah ich Emma an und schüttelte den Kopf. »Nur, weil er mich wieder mal gerettet hat, vergesse ich nicht, dass er mich immer aus seinem Leben ausschließt. Vielleicht können wir freundschaftlich miteinander umgehen.«

»Ich habe mich mit Luce unterhalten. Irgendwie habe ich das Gefühl, dass er langsam versteht, wieso du dich von ihm getrennt hast.«

Ich sah meine beste Freundin mit großen Augen an. »Ist das so?«

»Könnte sein. Katty, ich werde morgen früh meinen Dad anrufen und ihn um unseren Anwalt bitten.«

»Wirklich?«

»Ich glaube ihm, dass er da in irgendwas reingerutscht ist, wo er alleine nicht mehr rausfindet.«

Ich nickte. »Das ist sehr nett von dir, Em.«

Lächelnd zog sie mich in ihre Arme. Sie drückte mich so fest, dass mir fast die Luft wegblieb. Als Luce und Danny wiederkamen, lösten wir uns voneinander und wandten uns den Männern zu.

»Adam ist abgereist«, sagte Luce geradeheraus und ich hob überrascht die Augenbrauen. Damit hatte ich ehrlich gesagt nicht gerechnet. Wenigstens auf eine

Aussprache mit ihm hatte ich mich eingestellt, aber wahrscheinlich ging es Adam da anders. Als ich nicht antwortete, fuhr Luce fort.

»Danny geht kurz rüber zu Emma. Ich würde dich gern mit in Adams Wohnwagen nehmen, um die Wunde zu versorgen.«

Er zeigte auf meinen Fuß und ich überlegte, ob das eine gute Idee war.

»Ich will sie mir nur ansehen, Kat. Bitte.«

Emma stand von ihrem Platz neben mir auf und ging zu Danny hinüber. In ihren Augen las ich, dass sie wusste, was ich dachte.

»Wir sehen uns später, Katty.«

Als wir alleine waren, kniete sich Luce zu mir herab. Wieder blickte er mich an, als müsste er sich vergewissern, dass es mir gut ging.

»Alles ist gut Luce. Aber vielleicht sollten wir den Fuß wirklich anschauen.«

Wie selbstverständlich nahm er mich wieder hoch in seine Arme und trug mich in den Wohnwagen.

Darin war es dunkel, nur die digitale Uhr über dem kleinen Gasherd erleuchtete den Wagen.

Luce setzte mich auf der kleinen Sofagarnitur ab und schloss die Tür hinter uns ab. Dann schaltete er eine Lampe in der Ecke ein, um dem Wohnwagen etwas mehr Licht zu geben. Während ich nur so dasaß und Luce dabei zusah, wie er im Badezimmer verschwand, das mehr klein als fein war, spürte ich die Müdigkeit, die meinen Körper schwer machte. Doch mir war nicht nach schlafen. Trotz allem, was zwischen mir und Sturmauge passiert war, empfand ich eine gewisse Ruhe und Geborgenheit.

Luce kam mit Verbandszeug wieder und begann, ohne ein Wort zu sagen, meinen Fuß zu inspizieren. Nachdem er die Wunde gereinigt hatte, konnte man sehen, dass es keine allzu schlimme Verletzung war. Trotzdem verpasste mir Luce eine Salbe und einen kleinen Verband. Bereitwillig ließ ich alles über mich ergehen.

Als er fertig war, hob er den Kopf. Die Sturmaugen fanden meine und seine Hand legte sich auf mein Knie. Ich fühlte die Wärme, die von seiner Hand direkt in mein Inneres schoss, und ich hob die Mundwinkel zu einem Lächeln.

»Geht es dir wirklich gut, Engelchen?«

Mein Herz stolperte in der Brust, als er mich so nannte. Mein Blick fand seinen und das Grau seiner Augen war hell und klar. »Danke für die Rettung. Du scheinst dafür eine Begabung zu haben.«

Er lachte, aber die Sorge verschwand nicht ganz aus seinen Augen.

»Mir geht es wirklich gut, Luce. Ich kann zurück in meinen Wohnwagen.«

Er erhob sich, stand mir gegenüber und ich spürte Unentschlossenheit. Es schien mir so, als überredete er sich zu etwas.

»Was ist los?«, fragte ich ihn und er rieb sich kurz mit geschlossenen Augen über die Stirn.

»Kat, darf ich dir etwas erzählen?«, fragte er mit

zittriger Stimme, so als kostete es ihn Mühe.

»Was denn?«

»Von damals.«

Kurz war ich verwirrt, doch dann wusste ich, was er meinte. »Luce, das musst du nicht. Ich werde dich nicht mehr dazu zwingen, etwas zu tun, was du nicht willst.«

Er schüttelte den Kopf.

»Bitte, Katharina.«

Ich hielt inne und beobachtete, wie er mich ernst ansah, als bedeutete ihm das alles viel.

»Okay«, flüsterte ich dann. Er nickte, ging ein paarmal durch den Raum, um schließlich mir gegenüber Platz zu nehmen. »Bevor ich mich der Anklage stelle, die auf mich zukommt, muss ich dir alles erzählt haben. Du bist die Einzige, die es noch erfahren sollte.«

Ich schluckte, nickte aber.

»Du musst wissen, im Gefängnis, sei es auch nur der Jugendknast, treffen alle möglichen Schwerverbrecher aufeinander. Stell es dir wie eine kranke abgedrehte Gruppe von Losern vor, die ihr eigenes Machtregime aufbauen will, weil es das Einzige ist, was sie noch in ihrem Leben hat. Da gibt es die Vergewaltiger oder generell die Männer, die jemanden misshandelt haben. Da, wo ich bald zugehören werde.« Er schluckte. »Dann gibt es die Schläger, die Psychopaten und die, die nirgendwo dazugehören.«

»Wo hast du das letzte Mal dazugehört?«

Seine grauen Augen blickten mich an. »Zu den Einbrechern. Aber ich wollte mich eigentlich nicht da einmischen, was mich jedoch gerade deswegen auf die letzte Gruppe stoßen ließ.«

»Welche?«

»Die Banden.«

Mein Blick wanderte zu seiner Brust, zu dem Ort unter seinem Pullover, wo sich das Skorpion-Tattoo mit der blutenden Schwanzspitze befand.

»Sie nannten sich die Hell Scorpions und waren einfach nur kleine Wichser, die sich das Gefängnis zu ihrem Revier gemacht hatten. Alle hatten Angst vor ihnen, jeder machte alles, was sie wollten. Ob es darum ging, den letzten Nachtisch abzugeben oder darum, jemanden mit seinem Plastiklöffel abzumurksen.«

Ich schluckte.

»Leider alles gesehen.« Er räusperte sich. »Ich hatte keinen Bock, meinen Nachtisch abzugeben, daher haben sie mich irgendwann aufs Korn genommen.« Er schloss kurz die Augen, als erinnerte er sich an den besagten Tag zurück. »Sie verprügelten mich oft. In der Zeit wurde mir gefühlt zwanzig Mal die Nase gebrochen und ich lief quasi ständig mit einer Gehirn-erschütterung herum.«

»Warum hat da keiner etwas gemacht?« Ich musste entsetzt ausgesehen haben, denn Luce griff nach meiner Hand. Unwillkürlich zuckte ich zurück und er ließ sie daraufhin wieder sinken.

»Die Wärter im Gefängnis warten sehr lange, bis sie mal durchgreifen.«

»Das ist grausam«, flüsterte ich.

»Da ich wegen eben dieser Gehirnerschütterungen des Öfteren im Klinikflügel war, erweckte ich Aufmerksamkeit einer Wärterin, die eigentlich im Frauentrakt arbeitete. Sie fing irgendwann an, mit mir zu reden. Mich zu fragen, was genau passiert war.« Luce stockte und schloss für einen Moment die Augen. »Ich war damals sehr naiv. Kein Wunder, ich war ein Jugendlicher, ein ganz normaler Junge, der für seine Schwester ins Gefängnis gegangen ist. Ich wollte damals diesen Juwelier nicht ausrauben, aber ich habe einfach keine andere Lösung gesehen. Eines Abends, als die Gang mich wiedermal bewusstlos geschlagen hatte, verpassten sie mir das.« Er hob seinen Pullover hoch und meine Augen fuhren über seine weiße, ebenmäßige Haut hoch zu dem besagten Tattoo.

»Sie haben es mir mit einer getürkten Kugelschreibermine gestochen, während ich bewusstlos war.«

Meine Augen wurden groß und wirklich: Mir war sonst nie aufgefallen, dass dieses Tattoo anderes gestochen war als die Übrigen. Die Linien waren dick und geschwollen, fast schon wulstig. Was dann ja kein Wunder war.

Er ließ den Pullover wieder sinken und verdeckte es. »Das Tattoo entzündete sich«, fuhr er fort. Es schien mir, als wäre er nun vollends in der Vergangenheit gefangen. »Als ich wach wurde, lag ich in einem Klinikbett und die Wärterin stand neben mir. Sie bot mir Hilfe an, Schutz vor der Gang.«

»Was wollte sie im Gegenzug?«, fragte ich und ahnte

Schlimmes.

Das »Mich« kam so leise aus seinem Mund, dass es mich erschaudern ließ.

»Was hast du gemacht?«

Luce legte seine Stirn in Falten. »Du musst wissen, ich hatte unglaublich starke Schmerzen und mein Körper war so schwach, dass ich bei Kleinigkeiten, wie dem Socken anziehen, schon Schwierigkeiten bekam. Daher dachte ich, sie wäre mein kleinstes Übel. Eigentlich dachte ich gar nichts. Und auch, wenn du mich jetzt deswegen anders siehst, ich hatte anfangs sogar Spaß daran. Sie war nett und hübsch. Wir trafen uns, nachdem ich wieder genesen war und schliefen regelmäßig miteinander. Es war okay, denn die Übergriffe hörten auf. Nach und nach verschwand ein Gangmitglied nach dem anderen. Mal versetzt in einem anderen Gefängnisflügel, mal war es sogar ein anderes Gefängnis.«

Nervös rutschte ich auf meinem Stuhl hin und her und auch Luce rieb sich wieder das Gesicht, als könnte er die Erinnerungen damit fortwischen.

»Ich verstand nicht wirklich, wie sie alles organisierte. Wichtig war nur, dass mich die Gang in Ruhe ließ und ich meine Zeit absitzen konnte.«

»Und dann?«

»Na ja, irgendwann bekam ich bei ihr keinen mehr hoch. Ich weiß nicht wieso, das war mir bisher nie passiert. Es ekelte mich nur noch. Sie brachte mich immer in eine der Einzelhaft-Zellen, die schalldicht und angeblich ohne Videoüberwachung sind.

Es war schlimm.«

»Was hat sie getan, als du nicht mehr konntest?«, fragte ich vorsichtig, denn irgendwoher wusste ich, dass es das war, was ihn so kaputt gemacht hatte.

»Sie war sehr sauer.« Luce fiel das Reden schwer. »Ich konnte nichts tun. Ich konnte nicht mehr mit ihr schlafen. Es widerte mich an. Doch sie fand eine Möglichkeit.« Er schluckte trocken. »Sie schloss mich an einer Befestigung in der Wand an und gab mir irgendwas aufgelöst in Wasser, das mich hart werden ließ.«

Mit vor den Mund gepressten Händen versuchte ich ein Schluchzen zu unterdrücken.

»Ich lag auf dieser eisernen Pritsche und sie setzte sich einfach auf mich, ritt mich, bis sie fertig war und ließ mich dann wieder in meine Zelle bringen. Dies ging so lange, bis ich meine Strafe abgesessen hatte. Deswegen kann ich ...«, er stockte.

»Konnte ich dich nicht so auf mir spüren. Damals. Sie war wie mein schlimmster Albtraum. Sie hat mich von innen geleert und einfach so dagelassen. Diese Frau hat mich kaputtgemacht, Engelchen.«

»Luce.«

»Scht«, meinte er und wieder schob er die Hand auf meine zu. Erst jetzt merkte ich, dass mir die Tränen unaufhaltsam die Wangen hinab liefen.

»Du hast mich gerettet, Kat. Bei dir war alles anders als mit den Frauen vorher und ich fühlte mich nicht mehr dreckig, sondern geborgen.«

Nun ließ ich es doch zu, dass er meine Hand in seine nahm und mit dem Daumen leichte unsichtbare Kreise auf die Haut malte. Mir war, als beruhigte es uns beide.

»Man muss diese Frau anzeigen«, sagte ich dann.

»Wem werden die Menschen glauben schenken? Einem Verbrecher oder einer Wärterin?«

»Das ist so ungerecht.«

Er nickte. »Es ist nicht das Gefängnis an sich, das ich fürchte. Es ist die Angst, diese Tortur bis an mein Lebensende ertragen zu müssen.«

Ich drückte seine Hand. »Emmas Anwalt wird dafür sorgen, dass du nicht ins Gefängnis gehst, Luce.«

»Sie hat es dir erzählt?«, fragte er nach.

»Die Anwälte der Pierces sind gut. Du hast Glück.«

Er nickte, dennoch sagte er kein Wort. Wir wussten beide, dass die Chancen sehr klein waren. Eine unendliche Traurigkeit überfiel meinen Körper und ich begann zu zittern.

Trotz allem, was geschehen war, machte seine Geschichte mich fertig. Dass er sich mir öffnete, war alles, was ich gewollt hatte, doch jetzt waren wir voneinander entfernt. Ich wusste nicht, ob ich je wieder an den Punkt von damals zurückkonnte.

Trotzdem stand ich auf und lief um den Stuhl herum auf Luce zu. Verdutzt sah er zu mir hoch und stand ebenfalls auf. In voller Größe ragte er vor mir empor und ich schlang die Arme um seine Mitte. Ich wollte ihm zeigen, dass es mir leidtat. Dass jemand da war, der ihn tröstete.

»Danke, dass du es mir erzählt hast«, flüsterte ich und hob den Blick. Sein Gesicht war meinem zugewandt. Seine Augen waren klar und das Grau darin schien warm. Ich verfing mich darin, spürte, wie es mein Inneres wärmte.

»Engelchen«, murmelte er und ich wusste in dem Moment nicht, was ich tat. Ohne Widerstand legte ich die Lippen auf seine. Erst kurz. Dann zog ich mich zurück, starrte wieder zu ihm auf. Ich versuchte, meine Gedanken zu ordnen, doch es schien mir unmöglich. Was tat ich hier?

Er hob die Hand an meine Wange und ich spürte die Berührung tief in mir drin. Dann zog er mich wieder an seine Lippen und diesmal hörte ich nicht auf, sondern vertiefte den Kuss. Ein Stöhnen entfuhr seiner Kehle und er griff in meine Haare. Zog mich noch näher an sich ran.

Seine Zunge streifte meine und meine Hände gruben sich in die schwarzen Haare, die viel länger waren als an dem Tag, an dem ich Luce das erste Mal gesehen hatte.

Kurze Zeit später löste er sich von mir und legte seine Stirn gegen meine, sodass ich seinen Atem auf meinen Lippen spürte. Ein Schauer lief mir über den Rücken.

»Ist das ein Traum?«, flüsterte er an meinen Mund. Ich schloss die Augen, meine Hand verließ seine Haare und legte sich an seine Wange. »Dann will ich nie wieder aufwachen«, fügte er hinzu.

Es war so viel passiert, dass es wirklich ein Traum hätte sein können. Wahrscheinlich sollte ich mehr

Anstrengungen unternehmen, dies hier abzubrechen, doch ich tat es nicht. Wie gegenpolige Magnete vertieften wir den Kuss. Unsere Zungen tanzen miteinander. Es war ein Gefühl, als stünde mein Herz kurz vorm Platzen. Ein glucksendes Geräusch entfuhr mir, als sich Luces Arme plötzlich um meine Mitte legten und er mich hochhob. Wie von selbst schlang ich meine Beine um seine Hüfte. Ich küsste ihn weiter und ich merkte erst, dass mich Luce auf die kleine Küchenarbeitsplatte gesetzt hatte, als irgendwas scheppernd zu Boden ging. Doch es war egal. Luce drängte sich an mich und zeigte mir, wie erregt er war.

»Engelchen«, stieß er wieder hervor, als wir uns eine Sekunde voneinander lösten, um Luft zu holen. Als unsere Blicke sich verwoben, schaute ich direkt in ihn hinein. Es war, als hätte sich das Tor vor seinem Inneren geöffnet. Es gab keinen Zweifel daran, wie sehr er mich begehrte, wie sehr er mich wollte.

»Wir müssen nicht. Ich kann verstehen, nach allem, was passiert ist, dass du mir nicht mehr nahe sein kannst. Ich selbst kann mich nicht im Spiegel ansehen, ohne Ekel zu empfinden.«

»Luce«, flüsterte ich, doch er senkte die Lider.

»Auch wenn ich sie nicht vergewaltigt hab, Engelchen, trotzdem verabscheue ich mich dafür, was ich im Stande bin, einer Frau anzutun. Ich sehe diese Bilder vor mir, die bei der Vernehmung gezeigt worden sind. Ich kann es immer noch nicht fassen, dass meine Hände dies getan haben.«

Er hob sie und starrte darauf, als wären es nicht seine.

»Aber Luce, das zwischen uns ist etwas völlig anderes.«

»Es sind die gleichen Hände«, flüsterte er, ohne den Blick zu heben.

Kurzerhand nahm ich sie in meine und zwang ihn, mich anzusehen. »Ich weiß, du würdest mir niemals etwas antun. Ich habe dir meine Unschuld geschenkt, weil ich wusste, du würdest sie in Ehren halten. Dass du sie nicht ausnutzen würdest. Wäre das alles nicht passiert, hätten wir nach unserem ersten Mal viele, viele andere Male miteinander erlebt. Und diese Hände, hätten mir nichts als schöne Erinnerungen geschenkt. Das weiß ich mit hundertprozentiger Sicherheit.«

Luces Sturmaugen brannten sich mir direkt ins Herz und anstatt auf eine Erwiderung zu warten, schmiegte ich mich wieder an ihn und bereitwillig erwiderte er den Kuss. Er zog mich noch näher an seine Brust, meine Beine schlangen sich um seine Mitte. Gierig wanderten meine Hände unter seinen Pullover, schoben ihn nach oben, bis Luce ihn sich über den Kopf zerrte und ihn in eine Ecke schmiss.

Nun war da keine Unsicherheit mehr in seinen Augen. Diese Sturmaugen glühten und entfachten das Feuer in mir. Meine Finger fuhren die Linien nach und strichen leicht über die Schwalben, die seinen Bauch hochflogen. Seine Brust hob und senkte sich. Ich verteilte kleine Küsse auf seinem Schlüsselbein, während meine Finger zu dem Gitarrenkopf an seiner rechten Körperseite hinab wanderten. Die Gitarre, die in seiner Hose verschwand. Meine Hände glitten über den schwarzen Flaum, der von seinem Bauchnabel runter in seiner Jeans verschwand. Meine Finger öffneten seinen Jeansknopf und den Reißverschluss, und ich entdeckte mit Freude, wie sich auf seinem Körper eine Gänsehaut bildete.

Seine Hose fiel zu Boden und meine Finger strichen weiter über die Gitarre, bis sie seine Beule in den Boxershorts streiften.

Luce stöhnte in meine Haare und ich lächelte, während ich auch diese hinunter schob.

Meine Finger fanden das, was sie befreit hatten, und kümmerten sich mit voller Lust darum. Mir war bewusst, dass Luce komplett unbekleidet vor mir stand und ich immer noch Pullover und Jeans trug.

Als wäre es Luce auch gerade aufgefallen, stoppte er mein Fingerspiel, indem er mich stürmisch küsste. Nun begannen seine Finger eine Erkundungstour. Er zog meinen Pullover mitsamt dem Top über den Kopf und schmiss ihn auf den Boden, wo auch seine Sachen gelandet waren. Er zögerte nicht lange und machte mit dem BH ebenfalls kurzen Prozess.

Ich erschauderte, als die Kälte meine entblößte Haut traf, doch als Luces Hände sich auf meine Brüste legten, war sie wie weggeblasen. Mit geschlossenen Augen genoss ich seine Berührungen. Auch Luce wanderte tiefer, fand den Knopf meiner Hose und öffnete diese mit flinken Fingern. Dann hob er mich mit Leichtigkeit hoch und ich ließ mich von ihm zum Bett tragen.

Mit klopfendem Herzen lehnte ich mich zurück in die weichen Decken und beobachte, wie Luce mir Jeans und Höschen runter schob. Dann legte sich sein Blick auf meine Mitte und etwas war anders. Üblicherweise wäre ich in solch einer Situation rot geworden, doch diesmal war da ein anderes Gefühl. Ich begehrte diesen Mann vor mir so sehr, dass ich keine Scham mehr fühlte. Jetzt in diesem Moment schien alles perfekt.

Meine Gedanken stockten, als ich Luces Mund auf meinem Zentrum spürte. Was für ein Geräusch auch immer da aus meiner Kehle gekommen war, es hörte sich nicht mehr menschlich an.

Ein dumpfes Lachen ertönte und ich verpasste Luce dafür einen sanften Stoß, dann vergaß ich alles. Luce verwöhnte mich mit seiner Zunge und hörte erst damit auf, als sich ein wellenartiger Höhepunkt über mir ergoss. Mein Herz schlug mir bis zum Hals und meine Beine fühlten sich wie Wackelpudding an.

Was für ein Vergleich, mein Kopf funktionierte eindeutig nicht richtig. Breit grinsend schwebte Luce noch immer zwischen meinen Schenkeln und umfasste meine Beine mit den Händen.

»Ich möchte, dass diese Nacht niemals endet, Engelchen.«

Er erhob sich, sodass unsere Gesichter auf einer Höhe waren, und ich spürte an meinem Oberschenkel, wie erregt er war.

Dann verbanden sich unsere Blicke.

»Warte«, sagte er dann und erhob sich. Er ging zu

seiner Hose hinüber und kam mit einem Kondom wieder zurück.

Er streifte es sich über und war so schnell wie möglich wieder an dem Platz, von dem er eben aufgesprungen war.

Während er einen weiteren tiefen Kuss begann, schob er sich in mich hinein und ein Stöhnen entfuhr mir als Antwort. Luce sah mir direkt in die Augen, strich eine Strähne aus meinem Gesicht und ließ mir Zeit, mich an ihn zu gewöhnen. Ich verlor mich in den stählernen Augen, in denen ich keinen Sturm sah. Es war, als sähe ich einen schmalen Sonnenaufgang.

Küssend begannen wir, uns zusammen zu bewegen.

Wie Wellen, die sich am Strand brachen, sich mit dem Sand vermischten und wieder zurück in die Tiefe der Meere flüchteten, harmonierten wir.

Ich vergrub mein Gesicht an Luces Hals und genoss den stetigen Wechsel von aufnehmen und wieder zurückziehen. Doch da hielt er inne und so schnell, dass ich es nicht aufhalten konnte, drehte sich Luce mit mir um. Plötzlich saß ich auf seinen Hüften und sah auf den Mann hinab.

In meinem Kopf hörte ich Luces Stimme von damals glasklar: »Du wirst niemals oben sein beim Sex, Engelchen.«

»Luce«, wollte ich protestieren und von ihm runtergehen, doch er stoppte mich, indem er mich festhielt und sich unter mir bewegte. Unwillkürlich stöhnte ich auf, fühlte es sich doch so herum völlig anders an. Luce lächelte und zog mich zu einem stürmischen Kuss zu sich herab. Dann bewege er sich wieder und auch ich begann, meine Hüften zu kreisen. Wieder schmolzen wir zu einer Person zusammen, bis erst ich einen weiteren Höhepunkt erlebte und Luce kurze Zeit später mit seinem folgte. Völlig erschöpft brach ich auf ihm zusammen, Luce zog sich aus mir heraus, streifte das Kondom ab und nahm mich in seine Arme. Mit einer Hand breitete er die Decke über uns aus. Dann schliefen wir beide ein.

KAPITEL 19

Kat

Ein inneres Gefühl weckte mich und als ich meine Augen öffnete, blickte ich direkt in Luces Sturmaugen.

»Ist es morgens?«, krächzte ich und Luces Lippen verzogen sich zu einem Lächeln.

»Nein, es ist kurz vor drei Uhr nachts.«

Jetzt, wo mein Körper wieder mir gehörte, wirbelten meine Gedanken wie ein Sturm in meinem Kopf umher.

»Ist alles in Ordnung?«, fragte ich ihn dann und er lachte.

»Wieso fragst du das?«

Luce zog die Augenbrauen nach oben. »Was ist los?«, fragte er.

»Wie fühlst du dich?«

Er sah mich verständnislos an.

»Ich war oben.«

Eben war er noch angespannt gewesen, nun merkte ich, wie er sich wieder entspannte.

»Alles ist gut, Engelchen. Wirklich.«

»Aber du hast gesagt ...«

Er nickte. »Habe ich, aber ich kann es jetzt unterscheiden.«

Ich schien wohl etwas ratlos auszusehen, denn er räusperte sich, so als suchte er die richtigen Worte.

»Ich kann dir nicht sagen, wieso. Es war ein Impuls. Ich wusste, es ist anders. Mit dir.«

Für einen kurzen Moment schloss ich die Augen,

unsicher, wo wir standen. Was hatte die Nacht zu bedeuten? War ich bereit, Luce noch eine Chance zu geben? War diese Nacht ein Resultat seiner Offenheit gestern Abend?

Unwillkürlich dachte ich daran zurück, wie es sich angefühlt hatte, als er sich einfach so aus dem Staub gemacht hatte, damals in Wisconsin. Wie sehr es mir wehgetan hatte. Wollte ich das wieder spüren? Wie konnte ich wissen, dass er es nicht morgen früh genauso machte.

»Kat?«, fragte Luce neben mir und ich öffnete die Augen wieder.

»Ich glaube, ich gehe zurück in meinen Wohnwagen.«

Während ich das sagte, stand ich auf und sammelte die Sachen vom Boden auf.

»Das verstehe ich nicht. Ich dachte ...«

Abrupt fuhr ich herum. Luce saß aufrecht im Bett, er blickte verständnislos zu mir.

»Dachtest du, dass alles so ist wie vorher, nur weil wir die Nacht miteinander verbracht haben?«

Er schüttelte den Kopf.

»Es bedeutet mir so viel, dass du dich mir geöffnet hast, Luce. Doch ich muss das alles erstmal verdauen. Es ändert nichts daran, wie ich empfinde.«

»Du liebst mich nicht mehr?«, fragte er und ich wusste, wie schmerzlich diese Vorstellung für ihn war.

»Ich weiß nicht, was diese Nacht bedeutet, aber ich weiß, ich will mich nie wieder so fühlen wie damals. Ich will nie wieder zurückgewiesen werden, von dem Mann, der mir alles bedeutet.«

Er öffnete den Mund, um etwas zu sagen, doch ich hielt ihn davon ab. Schweigend zog ich meine Sachen wieder an und spürte dabei seinen Blick unnachgiebig auf mir.

»Es ist zu spät, Luce. Ich muss jetzt an mich denken, mich schützen. Meine Entscheidung steht.«

Ohne einen weiteren Blick drehte ich mich um und verließ den Wohnwagen. Zitternd atmete ich tief ein und aus, als die Kälte mich draußen traf. Mit schnellen Schritten lief ich hinüber zum anderen Wohnwagen.

Es war dunkel, als ich die Tür öffnete, und Danny und Emma lagen fest umschlungen im Bett und schliefen. Eine Träne löste sich aus meinem Augenwinkel und ich wischte sie entschlossen weg.

Leise räusperte ich mich und Emma bewegte sich in Dannys Umarmung. In dem Moment, als ihr Blick mich traf, war sie hellwach.

»Alles ok? Ich dachte, du und Luce?«

Traurig schüttelte ich den Kopf.

Emma weckte Danny, was gar nicht so einfach war. Schließlich musste sie ihm an den Zehen ziehen, damit er zu sich kam. Kurz darauf saß er kerzengrade im Bett.

Kaum hatte er mich erblickt, erhob er sich und begann, seine Sachen zu suchen.

»Du musst nicht gehen«, sagte ich, doch er schüttelte den Kopf.

»Alles gut, ich werde mal nach Luce gucken.«

Ich nickte und schluckte den Kloß in meinem Hals

runter.

Als Danny fort war, ließ ich mich erschöpft aufs Bett fallen.

Emma legte einen Arm um mich.

»Es tut mir leid, ich wollte ihn nicht rauswerfen.«

»So ist das bei uns, Kat. Wie bei Greys, du bist meine Person. Du kannst immer in mein Bett kommen. McDreamy hat auch immer Verständnis dafür.«

Ich musste lachen.

»Aber nun erzähl was passiert ist?«, forderte Emma und ich begann, ihr nach einem weiteren tiefen Atemzug von den letzten Stunden zu erzählen.

****

Wir mussten wohl eingeschlafen sein, denn laute Stimmen rissen mich unsanft aus meinem leichten Schlaf. Es dauerte einen Moment, bis ich wusste, wo ich war und bis die Erinnerungen an den gestrigen Abend und die Nacht nach und nach zurückkamen. Mittlerweile lag ich allein im Bett, denn Emma stand am Fenster und starrte hinaus.

»Was ist?«, fragte ich immer noch im Halbschlaf.

»Hörst du das?«, antwortete sie, ohne sich umzudrehen. Dann erst hörte ich Stimmen, die von weiter weg kamen.

»Wen suchen Sie?« Das war Dannys Stimme draußen.

»Lucas Snow.« Das Blut schien in meinen Adern zu

gefrieren. Eine Gänsehaut bildete sich auf meinem ganzen Körper.

»Was passiert da?«

»Die Polizei ist hier. Sie stehen direkt vor Luces und Dannys Wohnwagen.

Sofort stieg ich umständlich aus dem Bett, zog mir meine Reeboks an und riss dann die Tür auf.

So schnell ich konnte, lief ich über den Platz zu Danny hinüber, blieb aber stehen, als sich die Wohnwagentür öffnete und Luce im Rahmen erschien.

»Lucas Snow?«, ertönte es von einer Polizistin mit schwarzen Haaren.

Luce nickte.

Was sollte das denn alles? Emma erschien an meiner Seite und wir beobachten, wie Luce aus dem Wohnwagen kam und sich der Polizei stellte.

Wie in Zeitlupe liefen die Ereignisse vor meinen Augen ab. Die zwei Polizisten fragten Luce etwas, was ich nicht hörte. Das Rauschen in meinen Ohren verhinderte es. Luce antwortete, seine Gesichtszüge wirkten panisch, und als er an den Polizisten vorbeischaute und sein Blick meinen traf, las ich Verzweiflung in seinen Augen.

Ich ging näher heran, dicht gefolgt von Emma.

»Ihnen wurde gesagt, dass Sie sich bereithalten sollen, während das Verfahren gegen Sie läuft«, hörte ich den Mann sagen. »Wieso also entfernen Sie sich aus der Stadt?«

»Ich hatte meine Gründe.« Luces Stimme war tonlos.

Immer noch sah er mich an.

»Nun gut.«

Der zweite Polizist ging um Luce herum und als ich entdeckte, dass er seine Handschellen hervorholte, hielt ich die Luft an.

»Wieso?« Ich trat nach vorne und beide Polizisten sahen mich an.

»Lucas Snow.« Ohne auf mich zu reagieren, sprach der Mann, der hinter Luce stand, zu ihm. »Durch die aktuelle Beweislage und die Tatsache, dass Sie nicht wie angeordnet in der Stadt geblieben sind, sind wir gezwungen, Sie mit uns zu nehmen.«

Nun war es wie ein Schlag ins Gesicht. Der Polizist verlas Luce seine Rechte, legte ihm dann Handschellen an und zog ihn Richtung Polizeiauto.

»Warte«, schrie ich und rannte den drei Personen hinterher.

Luce wandte sich mir zu und er versuchte zu lächeln. Allerdings war er nicht sehr erfolgreich damit.

»Ich liebe dich, Engelchen. Auch wenn das zwischen uns vorbei ist, sollst du wissen, dass du die Frau bist, die dem Wort Liebe eine Bedeutung für mich gegeben hat.«

»Hör auf, dich zu verabschieden. Emma wird dir helfen«, sagte ich.

Mir war, als würden kurz Tränen in seinen Augen schimmern, doch er blinzelte sie schnell weg.

»Das können Sie nicht einfach«, sagte ich zu den Polizisten. Diese jedoch beachteten mich gar nicht.

Emmas legte ihre Hand auf meine Schulter.

»Tu was«, bat ich, und meine Stimme versagte. Sie drehte sich um und ging auf die Polizisten zu. Ich hörte nicht, was sie sagte, doch sie nickten, führten Luce jedoch trotzdem ab.

Mit der Situation überfordert, beobachtete ich, wie er in das Polizeiauto gesetzt wurde, und ich trat darauf zu. Wie hatte das alles so schnell passieren können? In Luces Gesicht entdeckte ich das, was er gesagt hatte.

Er liebte mich. Da war Liebe in seinen Augen. Doch ich sah auch die Angst. Die Angst vor dem, was im Gefängnis auf ihn wartete. Und seit der gestrigen Nacht wusste ich auch, was es war.

Der Motor wurde gestartet und dann wirbelte der Wagen Kies auf, als er den Platz verließ.

KAPITEL 20

Kat

»Dad, bitte, spielt das eine Rolle?«

Emma sprach angestrengt in ihr Telefon.

»Nein, er ist nicht mein Freund. Er ist der beste Freund von meinem Freund.

Seit einer Weile.

Ich habe ihn euch nicht vorgestellt, weil die Zeit noch nicht reif dafür war.

Konzentrier dich doch bitte auf das Wesentliche.

Er hat dieses Mädchen nicht vergewaltigt.

DAD!«

Ich saß hinten in dem Uber und starrte raus in die vorbeirasende Welt. Luce hatte Unrecht, man konnte sehr wohl mit einem Uber nach Hause kommen. Es kam mir vor wie eine Ewigkeit, dass wir diese Diskussion geführt hatten. Wie durch Watte kam das Telefonat, das Emma mit ihrem Vater führte, bei mir an.

So, wie es aussah, war der Anwalt ihres Vaters Luces letzte Chance. Ohne Rechtsbeistand würde er im Gefängnis zerbrechen.

»Katty?« Emma hatte sich zu mir umgedreht. »Erzähl mir, was Luce zu dir gesagt hat.«

Ich dachte an unsere gemeinsame Nacht zurück und seine Vergangenheit, die er mir offenbart hatte.

»Das kann ich nicht«, flüsterte ich.

»Kat, mal ehrlich. Ich glaube ihm, dass er dieses Mädchen nicht vergewaltigt hat, aber etwas zu seinem

Prozess zu verschweigen, ist hirnrissig und bringt uns nicht voran.«

»Er hat mir nur erzählt, was ihm im Gefängnis damals widerfahren ist. Das habe ich dir doch gestern Nacht schon erzählt.«

Ich spürte wie Danny, der neben mir saß, sich anspannte. Auch Emma sah Danny an. Ein kurzer Blick reichte, um Emma zum Schweigen zu bringen.

»Gut, wir reden später darüber. Ich treffe mich jetzt mit meinem Dad und seinem Anwalt. Wir schaffen das.«

Emmas Augen blickten mich hoffnungsvoll an, doch ich regte mich nicht. Mir war kalt und ich zitterte stark, obwohl Emma die Sitzheizung in dem Uber ange-schaltet hatte. Keine Ahnung, wieso mich das alles so erschütterte. Ich hatte mich gegen Luce entschieden. Trotzdem war es schwer, mit anzusehen, wie er einfach so abgeführt worden war.

»Möchtest du mit?«, fragte sie mich, doch ich schüttelte den Kopf.

»Bringst du mich zu Tante May?«

****

1 Tag später

»Schätzchen?«

Ein dampfender Becher Tee erschien in meinem Blick-feld, der Geruch von Waldbeeren stieg mir in die Nase und ich nahm den Becher entgegen, den Tante May mir hinhielt. Eingewickelt in eine Decke saß ich auf ihrem großen Sofa. Die Füße hatte ich an meinen Körper ran gezogen, denn immer noch zitterte ich unkontrollierbar. So ging es mir seit dem Zeitpunkt, an dem mich Emma gestern bei meiner Tante abgesetzt hatte. Ich ließ den warmen Dampf des Tees in mein Inneres dringen, hoffend, damit die Kälte zu vertreiben.

May ließ sich neben mir nieder und legte einen Arm um mich. Dann sahen wir beide auf den Fernseher, der seit gestern Abend flimmerte, doch auch er schaffte es nicht, meine Gedanken abzuschalten.

Gerade lief eine Folge Greys Anatomy und obwohl es sonst immer meine Laune hob, wenn Meredith und Christina ihre Sorgen wegtanzten, schaffte die Serie es dieses Mal nicht, meine düsteren Gedanken zum Schweigen zu bringen.

Wenn das so einfach wäre.

»Kat, Schatz, sprich mit mir!« Besorgnis stand in Mays Gesicht.

Ich wusste selbst nicht, was mit mir los war. All das, was gestern passiert war, verunsicherte mich. Ich war mir sicher, dass es das Richtige gewesen war, mich gegen Luce zu entscheiden. Wieder mal. Ich bereute die Nacht zwar nicht, aber ich empfand sie eher als einen Abschied. Doch die Ereignisse am nächsten Morgen reichten, um meine Gedankenwelt wieder einmal gehörig durcheinanderzubringen.

»Alles wird wieder gut, das weiß ich. Emmas Vater wird Luce einen guten Anwalt verschaffen.«

Selbst wenn das so wäre. Trotzdem würde Luce während dieser Zeit im Gefängnis bleiben.

Ich zuckte zusammen, als Mays Handy zu klingeln begann. Mit einem letzten Blick zu mir erhob sie sich und nahm das Telefon vom Küchentisch.

»Emma?«, sprach May ins Telefon und ich horchte auf.

Die beiden unterhielten sich eine lange Zeit. Während ich versuchte, immer mal ein bisschen vom Gespräch aufzuschnappen, trank ich mit langsamen Schlucken meinen Früchtetee.

Als May dann mit einem »Wiederhören« auflegte, sah ich zu ihr auf.

»Er sitzt im Metropolitan Correctional Center.« Wieder zuckte ich zusammen. Es liegt mitten in Manhattan, daher ist es so berühmt in New York und jeder kennt es. Und es ist das Gefängnis, in dem Luce schon einmal gesessen hatte. Das gleiche Gefängnis, in dem Luce diese grausamen Dinge passiert sind. Wieder jagte ein Schauer über meinen Körper und ich umklammerte die Teetasse fester.

»Er sitzt dort so lange ein, bis der Prozess beginnt. Wann das sein wird, wissen sie noch nicht.«

»Kann er auf Kaution freikommen?«, fragte ich leise, denn meine Stimme versagte.

Mays Augen gaben mir die Antwort. Sie drückten ihr Mitgefühl aus.

»Für Sexualstraftäter gibt es keine Kautionen.« Es

wurde noch kälter in mir und es fühlte sich an, als hätte ich eine große Kugel Schnee verdrückt.

»Aber es gibt auch gute Nachrichten, Kat. Er hat einen Anwalt. Emmas Vater hat ihm einen der besten Strafverteidiger besorgt, die es in New York gibt.«

Ich nickte, doch etwas in mir wollte das nicht als etwas Positives sehen.

»Wieso wissen sie nicht, wann der Prozess beginnt?«

»Das Mädchen. Sie ist gerade in psychiatrischer Behandlung und kann nicht vernommen werden.«

Sie hatte Luce das alles eingebrockt und stand nicht mal zu ihren Vorwürfen.

May drückte mir einen Kuss auf die Stirn.

»Ich mache dir eine Suppe, ja? Die Buchstabensuppe, die du früher als Kind so mochtest.«

»Danke«, murmelte ich, denn meine Gedanken waren wieder woanders.

May ging in die Küche und bereitete die Suppe zu.

»Jetzt ist aber Schluss«, ertönte es plötzlich von May. Mit einem leisen Klirren stellte sie den Teller Suppe auf den Wohnzimmertisch vor mir und starrte dann wütend auf mich herunter. »Du sprichst jetzt mit mir, Katharina.«

Ich zuckte bei dem Namen zusammen. »Was denn?«, fragte ich.

»Bitte, sprich mit mir.«

»Was soll ich sagen? Ich habe mit Luce Schluss gemacht. Das ändert sich nicht, nur weil er jetzt wirklich ins Gefängnis gegangen ist.«

Meine Tante schob den Teller Suppe beiseite, um sich auf den Tisch direkt vor mich zu setzen, damit sie mich besser anschauen konnte.

»Rina, glaubst du das wirklich?«

»Wieso auch nicht? Er hat mir das Herz gebrochen.«

»Das stimmt und dass du dich da zurückziehst, um dich zu schützen, ist genau richtig so. Aber Kind, ich sehe doch, dass du ihn immer noch liebst. Dir würde es nicht so schlecht gehen, wenn du mit Luce schon komplett abgeschlossen hättest. Wenn dir nicht vor Augen stünde, dass eure gemeinsame Zeit wirklich ein für alle Mal beendet ist.«

Wild schüttelte ich mit dem Kopf, sodass einige meiner blonden Strähnen sich aus dem Zopf lösten.

»Ich will nicht mehr verletzt werden. Dass er nun im Gefängnis sitzt, verletzt mich wieder.«

»Das verstehe ich, Kat, aber willst du deswegen die Chance auf die wahre Liebe weggeben?«

Jetzt starrte ich May an und dachte über ihre Worte nach.

»Natürlich ist es nicht immer leicht. Es gibt kein Perfekt im Leben. Jeder macht Fehler und dass Luce mit auf diesen Ausflug gegangen ist, sagt mir, dass es ihm wichtiger war, um dich zu kämpfen, als sich mit seiner Anklage auseinanderzusetzen.«

Immer noch starrte ich May an und wusste nicht, was ich sagen sollte.

»Liebst du ihn, Kat?«, fragte sie dann.

Kurz schloss ich die Augen und dachte an jeden Moment zurück, den ich mit Luce Snow verbracht hatte. Ich dachte an die vielen Male, in denen sein Blick mich gefesselt hatte. Wie er mich zum Lachen gebracht und meine Beine zu Wackelpudding verwandelt hatte, jedes Mal, wenn er mich küsste. Ich dachte an die letzte Nacht, wie einfach es mir gefallen war, mich ihm hinzugeben. Wie sehr ich seine Nähe, trotz der Trennung, genossen hatte und zu guter Letzt die Panik, als man ihn abgeführt hatte.

Eine dicke Träne lief mir die Wange hinab.

»Du brauchst nichts zu sagen, meine Süße. Ich weiß die Antwort bereits.«

KAPITEL 21
Kat

5 Tage später

»Katharina?«

Der einzige Grund, aus dem ich aufsah, war, dass jemand mich bei meinem richtigen Namen nannte. Um nicht den Faden zu verlieren, legte ich meinen Zeigefinger auf die Zeile im dicken Gesetzbuch, in dem ich las.

»Hi.« Gustav, der Junge vom Kaffeewagen, stand vor mir. Als ich nicht antwortete, verrutschte sein Grinsen kurz. »Darf ich mich zu dir setzen?«

»Okay.«

»Lernst du auch gerne in der Bibliothek?«, fragte er mich, schob den Stuhl vor und zeigte auf den großen dicken Wälzer voller Paragraphen. »Jura ist wirklich ein anstrengendes Studienfach, oder?«

»Ich studiere kein Jura. Mein Hauptfach ist Literatur.«

»Oh, und warum dann das?«

»Ich recherchiere.«

»Ah, ich weiß schon.«

Ich legte die Stirn in Falten.

»Na ja, jeder hier weiß es.«

»Was weiß jeder?« Ich merkte, wie meine Stimme lauter wurde.

Gustav schob sich die Haare aus dem Gesicht. Man

sah, wie unwohl er sich fühlte.

»Dass Luce wieder im Knast sitzt.«

»Unschuldig«, fiel ich ihm ins Wort.

»Glaubst du das wirklich? Ja, ich weiß, ihr zwei wart miteinander im Bett. Aber glaubst du wirklich, dass er unschuldig ist?«

Abrupt erhob ich mich und schlug laut das Buch zu. Unwillkürlich spürte ich, wie alle Köpfe sich mir zuwandten. Entschlossen ging ich um den Tisch herum und beugte mich zu Gustav hinunter. »Ich glaube es nicht nur, ich weiß es.«

Dann drehte ich mich um und verließ die Bibliothek.

****

2 Wochen später

»Zwei Wochen, Reever.«

Der Mann im dunkelblauen Nadelstreifenanzug wanderte im Wohnzimmer der Pierces hin und her. Emma, ihre Mutter Susann und ich saßen auf der Couch und Emmas Vater Christian stand mitten im Raum und hielt einen Brief in den Händen.

»Wir haben hier ein ärztliches Attest, das zeigt, dass die Klägerin unter einer psychischen Belastungs- störung leidet, die es ihr nicht möglich macht, vor Gericht auszusagen.«

»Das ist doch alles an den Haaren herbeigezogen«, mischte sich Emma ein. Der Anwalt Alexander Reever, der sich dazu bereit erklärt hatte, Luce vor Gericht zu vertreten, nickte.

»Ja, sicher ist es das, wir können aber nichts dagegen tun. Wir haben den Gerichtstermin in zwei Wochen. Entweder sie wird da aussagen und wir bekommen die Chance, sie mit den Dingen zu konfrontieren, derer sie Luce beschuldigt, oder es kommt zum Prozess und er wird allein vor den Geschworenen stehen.«

»Das können wir nicht zulassen.«

Alex Reever schaute mich an und lächelte. Er war nett und ich vertraute ihm, doch ich glaubte ihm nicht alles. Er versprach mir, dass Luce bald wieder bei uns war, ich glaube das jedoch nicht. Zu viel stand gegen ihn.

»Können wir helfen?«

»Nein, Kat. Bitte tu nichts Unüberlegtes. Wir bekommen Luce da schon wieder raus.«

»Kann ich ihn mittlerweile besuchen?«

Alex' Blick verdunkelte sich. »Leider ist es ihm immer noch nicht gestattet, Besuch zu empfangen.«

Traurigkeit legte sich über mich. Fast drei Wochen waren vergangen, seit ich Luce das letzte Mal gesprochen hatte. Seit dem Gespräch mit Tante May, fand ich keine Ruhe mehr. Ich hatte so oft wach gelegen und mich gefragt, ob an ihren Worten etwas Wahres dran war. Ob es eine Chance für mich und Luce gab. Um das rauszufinden, musste er aus dem Gefängnis kommen. Wenn ich ihn wenigstens besuchen könnte, dann könnte ich mit ihm reden. Ihm in die Augen sehen und mein Herz herausfinden lassen, was es wollte.

»Okay«, flüsterte ich.

»Komm, Reever, wir lassen die drei für heute in Ruhe und besprechen die Details in meinem Arbeitszimmer«, sagte Christian schließlich.

Alex Reever stimmte zu und verließ mit ihm das Zimmer.

Auch Susann erhob sich und strich Emma über das Haar. »Ich mache Abendessen.«

Als ich mit Emma allein war, hob sie fragend die Augenbrauen. »Was schwirrt da oben in deinem Köpfchen herum?«, fragte sie mich.

»Ich möchte etwas tun.« Ich erhob mich vom Sofa und ging zum Fenster.

Der Dover Beach lag in seiner vollen Pracht vor mir, doch diesmal beruhigte mich der Anblick der sich am Ufer brechenden Wellen nicht.

»Wir können nur abwarten.«

»Oder wir suchen dieses Mädchen und konfrontieren sie mit der Wahrheit.« Ich zuckte zusammen, als mich Emma an der Schulter berührte.

»Katty, bitte, du gefällst mir in den letzten Wochen gar nicht. Du bist wie ferngesteuert und gereizt. Du willst etwas tun, das kann ich verstehen. Aber was passiert, wenn du dieses Mädchen findest? Willst du sie foltern, bis sie im Gericht die Wahrheit sagt?«

Ich zog eine Grimasse, weil ich selbst nicht wusste, wie ich das alles anstellen sollte.

»Aber er ist in diesem Gefängnis, Em. Vielleicht geschieht das gleiche wie damals. Du weißt, wie er war, als er das erste Mal aus dem Knast entlassen worden ist. Meinst du nicht, es wird dann noch schlimmer?«

»Wir werden alles versuchen, um ihn da raus zu holen. Wir glauben ihm alle.«

Während des Essens ließ mich meine Idee nicht los. Der Gedanke, einfach abzuwarten und nichts dazu beizutragen, um ihn da rauszuholen, gefiel mir nicht. In Gedanken versunken, konnte ich mich kaum auf das Gespräch am Esstisch konzentrieren.

Die grünen Bohnen schob ich über den Teller hin und her, bis sie irgendwann im Kartoffelstampf feststeckten. Der Rinderbraten roch ausgezeichnet, doch ich fühlte mich, als hätte ich einen großen Backstein verschluckt, der mich für immer am Essen hindern würde.

Als ich spürte, wie mich vier Augenpaare besorgt musterten, schob ich mir doch ein paar Bissen des zarten Fleisches in den Mund, damit meine zweite Familie zufrieden war. Ich fühlte mich wie zu Hause in New Haven, Emmas Eltern behandelten mich genauso wie ihre eigenen Kinder. So, als wäre ich das dritte Kind in der Familie. Deshalb sorgten sie sich um mich und wollten mir aus der Situation helfen, in der ich steckte. Und ich befand mich ganz tief drin. Das hatte ich erst erkannt, als sich alles zugespitzt hatte. Dass ich jemals der Meinung gewesen war, Luce vergessen zu können und mit jemand anderem glücklich zu sein, kam mir nun absurd vor.

In dieser Nacht konnte ich nicht einschlafen und hörte Emma dabei zu, wie sie im Traum etwas brabbelte, das nur sie selbst verstehen konnte. In der Dunkelheit hörte ich, dass nebenan ein Gespräch geführt wurde. Leise kroch ich aus dem Bett und schlich an die Tür, die einen Spalt breit offenstand, damit der Hund selbstständig rein und rauskam.

Ich versuchte etwas von dem Gespräch, zu belauschen. Anhand ihrer Stimmen erkannte ich Alex Reever und Emmas Dad. Es dauerte eine Weile, bis ich verstand, worüber sie sprachen.

»Kann man wirklich nichts gegen dieses Attest tun?«

»Ich kann versuchen, mit dem Anwalt von Maya Sawyer zu sprechen, aber ich glaube nicht, dass es etwas bringen wird.«

»Tu es trotzdem. Ich weiß nicht, wie viel Wahrheit in den Aussagen des Jungen steckt, doch meine Töchter glauben ihm seine Unschuld, deshalb werde ich das auch tun.«

Mein Herz ging auf bei seinen Worten und der Name des Mädchens hallte in meinem Kopf immer und immer wider.

»Komm, lass uns unten noch einen Whiskey zusammen trinken«, meinte Emmas Dad und ich hörte Schritte, die sich entfernten.

Ich schnappte mir mein Handy und schrieb den Namen in meine Notiz-App, dann öffnete ich Instagram und gab ihn in das Suchfeld ein. Zu viele Maya Sawyers erschienen als Ergebnis. Trotzdem klickte ich mich durch alle durch, bis ich auf das Profil eines schwarzhaarigen Mädchens stieß, das in ihrer

Beschreibung die New York Upper West Side als Wohnort angab. Ich scrollte hinunter und fand viele Selfies und Food-Bilder, doch dann entdeckte ich ein Bild, das sie vor einem Gebäude zeigte. Ich hatte einen Jackpot gelandet, denn auf dem nächsten Bild sah man das schwarzhaarige Mädchen, das seitlich vor dem Spiegel stand. Die Haut war entblößt und zeigte einen leicht gerundeten Bauch. Ihre Hand lag auf dem Unterleib und darunter stand:

SSW 14, ein bisschen sieht man schon :)
#liebe #schwangerschaft #freuemichaufmeinkleinesgeschenk
#schwanger #newyorkcitybaby

Ich öffnete die Kommentare und scrollte durch die ganzen Glückwunschbekundungen.

Das wird ein Traumbaby, bei den Eltern.
Ihr drei werdet eine süße Familie.
Family Forever.

Das reichte mir.

Entschlossen verließ ich das Zimmer und schlich leise den Flur entlang bis zum Arbeitszimmer von Christian. Diese Idee war absurd, aber rumsitzen und nichts tun würde ich auch nicht. Also betrat ich das Zimmer, in dem Christian seine Geschäfte tätigte. Es war mehr eine Bibliothek: drei komplette Wände waren mit Bücherregalen geschmückt. Mein Leserherz klopfte schneller in der Brust und wenn die Zeit eine andere gewesen wäre, hätte ich mir die diese genommen, um seine Schätze besser zu begutachten.

Ich trat an den massiven, aus dunklem Holz angefertigten Schreibtisch heran und ließ den Blick über die Papiere wandern, die dort lagen. Dann fiel mein Blick auf eine Aktentasche. Eine Weile suchte ich darin herum und schließlich fand ich eine blaue Mappe, die mir bekannt vorkam. Mir war, als hätte ich sie in den Händen von Alex Reever gesehen.

Und ja, darin befanden sich mehrere amtliche Dokumente.

Fall Sawyer ./. Snow

Bei den Personalien fand ich einen Steckbrief mit Foto. Es war das gleiche Mädchen, das ich in den sozialen Netzwerken gefunden hatte. Schwarze Haare, große Augen. Ich machte ein Foto von Maya Sawyers Adresse und blätterte dann weiter.

»Ach du Sch...« Vor Schreck rutschte mir die blaue Mappe aus den Fingern und es klatschte leise, als sie auf dem Schreibtisch aufkam. Mein Herz klopfte so stark, dass ich kurz die Augen schloss. Dann öffnete ich nochmals die Mappe und studierte die Fotos der Verletzungen, die sie von der Begegnung mit Luce davongetragen hatte. Blutergüsse, die Fingern ähnelten, zogen sich über ihre Handgelenke. Wie ein harter Kontrast leuchteten die blauen Flecke auf ihrer hellen Haut. Kaum vorstellbar, dass Luce dies getan hatte.

Traurig schloss ich die Mappe wieder und legte sie zurück an den Ort, an dem ich sie gefunden hatte. Ich hatte das, was ich wollte, daher verließ ich das Arbeitszimmer leise und kehrte zurück in Emmas Zimmer. Doch ich wusste, dass die Bilder, die ich gesehen hatte, mich nicht schlafen lassen würden.

KAPITEL 22
Kat

Müde schloss ich das Zimmer unseres Wohnheims auf. Ausgelaugt kickte ich mir die Stiefel von den Füßen und zog mir die Jacke auf dem Weg zu meiner Seite des Bettes aus.

Emma war bei Danny. Heute war Freitag und somit ihre Movie-Date-Night. Sie hatten mich dazu eingeladen, aber das Letzte, was ich wollte, war, in Luces und Dannys Wohnung den Abend zu verbringen und Spaß zu haben, während Luce im Gefängnis saß. Ich zog mir meine Jeans und den Pullover aus, um sie gegen eine Jogginghose und einen Kapuzenpullover zu tauschen, auf dem das Kind aus der Serie »*The Mandalorian*« abgebildet war.

Bevor ich mich mit meinem Laptop in meinem Bett verkroch, griff ich nach dem Stapel neuer Post auf unserem kleinen Schrank neben der Tür. Telefonrechnungen, Werbung für Büromaterial, eine Einladung zu einem Kongress für Emma und … Mir wurde auf einmal heiß und kalt zugleich. Zuerst entdeckte ich den Stempel der Justizstrafanstalt New York, dann las ich meinen Namen, denn der Brief war an mich adressiert. Ich schluckte, mein Herz klopfte so sehr, dass ich ein paar Mal tief Luft holen musste, um den Brief ruhig in meinen Händen zu halten.

Es dauerte eine Weile, bis ich ihn mit meinen zittrigen Fingern aufbekam, doch schließlich hielt ich einen handgeschriebenen Brief auf amtlichem Papier in meinen Händen.

»Engelchen,

ich schreibe dir, weil Besuche für mich hier drin nicht erlaubt sind. Leider gibt es nicht mal eine Kaution, die ausgesetzt worden ist. Für Sexualstraftäter gibt es sowas nicht, das hat mir Alex Reever erklärt. Er ist mein Anwalt. Ich hoffe, Emma weiß, wie dankbar ich ihr bin, dass sie mir Alex besorgt hat. Vielleicht gibt es ja Hoffnung für mich … für uns.

Ich ertrage es kaum, dass wir so auseinandergegangen sind. Ich weiß nicht, was du denkst, ob du noch da bist oder ob du mich schon vergessen hast. Ich bereue unsere Nacht nicht. Ich bereue es auch nicht, mit auf diesen Ausflug gekommen zu sein. Ich wollte alles tun, um dir zu zeigen, dass ich auch anders sein kann. Dass ich zu deinen anderen Freunden passe. Auch wenn ich es am Ende vielleicht nicht geschafft habe, dich zu überzeugen. Trotzdem bin ich froh, dass ich es versucht habe. Katharina, ich will, dass du weißt, dass ich begriffen habe, warum du dich von mir getrennt hast. Jetzt weiß ich, dass es ein Fehler war, dich auszuschließen, denn jetzt möchte ich deine Unterstützung mehr denn je. Es tut mir leid, dass es so lange gedauert hat, bis ich es begriffen habe und es dann auch noch umsonst ist. Jedenfalls wollte ich dir schreiben, dass ich es ernst gemeint habe, was ich gesagt habe, an dem Tag als sie mich geholt haben. Du bist die Frau, die mir gezeigt hat, was Liebe ist und dafür werde ich dich bis an mein Ende lieben. Das verspreche ich. Ich schreibe dir diesen Brief, weil in einer Woche der Prozess beginnt. Weil ich vorher nicht die Möglichkeit habe, dich zu sehen oder zu sprechen. Daher sollst du wissen, dass ich alles versuche, um wieder hier raus zu kommen. Ich werde kämpfen bis zuletzt.

Wie es hier drin ist, habe ich absichtlich in diesem Brief nicht erwähnt. Aber es geht mir gut, Katharina. Bitte glaube mir das. Ich hoffe, dir geht es auch gut, denn das ist alles, was zählt.

Wenn du mir schreiben magst, tu das unter der Absenderadresse. Ich hoffe, dein Brief wird mich erreichen.

Wir hören voneinander.

Ich liebe dich, Engelchen.

Bis bald.

Luce.«

Ich weinte. Ich weinte so unaufhaltsam, dass ich bereits wie ein Embryo seitlich in meinem Bett lag. Die Füße an den Körper gezogen, hoffend, dass mein gebrochenes Herz bald nicht mehr schmerzte. Dieser Brief war, was ich gebraucht hatte. Er gab Mays Worten eine Bedeutung. Es war an der Zeit, Luce eine weitere Chance zu geben. Ich wollte meine Möglichkeit auf die wahre Liebe nicht gehen lassen. Ich wusste nicht mehr, wie lange ich so dalag, immer noch hatte ich Mühe zu atmen, doch ich wurde immer ruhiger. Und entschlossener. Schließlich setzte ich mich auf und riss ein Blatt Papier aus meinem Collegeblock. Dann begann ich zu schreiben.

KAPITEL 23

Luce

»Bohnen oder Reis?«

Erschrocken zuckte ich beim schrillen Ton der Stimme der Küchenmitarbeiterin zusammen. Sie hörte sich wie eine Sängerin mit belegten Stimmbändern an. Prüfend sah ich auf mein Tablett. Auf das graue Fleisch in grauer, wässriger Sauce und die matschigen Karotten.

»Reis«, antwortete ich und ein großer Löffel weißer Pampe landete auf dem Berg Fleisch. So wurde die unappetitliche Farbe wenigstens verdeckt. Schließlich ging ich weiter, um den nächsten in der Reihe wählen zu lassen. Ich begab mich zu den Tischen abseits der Menge. Mitglieder von Gangs oder schwere Straftäter saßen in der Mitte. Obwohl, so, wie ich es sah, waren die Menschen, die hier am Tisch neben und vor mir saßen, ebenfalls Verbrecher durch und durch. So wie ich. Es stimmte, dass ich Maya Sawyer nicht absichtlich vergewaltigt hatte, doch Wunden hatte ich ihr sehr wohl zugefügt.

»Und? Noch immer keine Post?«, fragte mich Excel, ein schlaksiger Junge mit schwarzem stacheligem Haar und selbstgestochenen Tattoos auf seinen dürren Oberarmen. Hier im Gefängnis stellte man sich nicht mit dem Namen vor, oder der Info, woher man kam. Hier sagte man: Luce, Vergewaltigung, Tendenz 15 Jahre. Daher wusste ich, dass Excel wegen Drogenbesitzes saß, aber eigentlich nur in die Machenschaften seines großen Bruders mit hineingezogen worden war. Eigentlich wollte Excel, daher der Name, in die IT-Branche. Nur stand das jetzt weit hinten in seiner Lebensplanung.

Ich schüttelte den Kopf, um auf Excels Frage zu reagieren, und spürte die Enttäuschung in mir ein kleines Stück mehr wachsen. Es waren nicht einmal mehr vier Tage bis zum Prozess. Mein Brief musste vor ein paar Tagen bei Kat angekommen sein, doch eine Antwort hatte ich nicht erhalten. Das Gefühl, nicht mit ihr sprechen zu können, war schlimm. Dieser Brief war meine letzte Chance gewesen, um sie zu kämpfen. Um ihr zu sagen, dass ich wusste, warum es zu der Trennung gekommen war und dass ich ihre Unterstützung mehr als alles andere brauchte.

»Mach dir mal kein Kopf. Die sind hier nicht so auf Zack mit der Überbringung der Post.«

Ich wusste, Excel wollte mich aufmuntern, doch in mir wurde die Dunkelheit immer stärker. Diese Dunkelheit, die seit dem letzten Besuch hier drin in mir gewachsen war. Nur Kat hatte Licht in das Dunkel gebracht, doch wo war ich jetzt? Würde ich hier je wieder rauskommen? Und falls ja, wie konnte ich von ihr verlangen zu warten?

»Ich warte weiter«, antwortete ich Excel und biss von einem matschigen Stück Karotte ab. Dieses Essen hier drin war abscheulich. Schlimmer noch als Dannys verkohlter Hackbraten, den er zu Thanksgiving vor vier Jahren fabriziert hatte.

So stocherten wir in unserem ungenießbaren Essen herum, bis die Sirene ertönte, die uns sagte, dass es Zeit war, in unsere Zellen zurückzukehren.

Das Schlimmste für mich. Es war eins, eingesperrt in kleinem Raum zu sein, mit einem Menschen, den man nicht kannte und der wer-weiß-was getan hatte. Doch die Gewissheit zu haben, im gleichen Gebäude zu sein wie die Person, die all meine Albträume zu verschulden hatte und wegen der ich so kaputt und dunkel war, brachte mich fast um den Verstand. Während ich mit Excel durch die Flure ging, dachte ich darüber nach, wie es das letzte Mal gewesen war.

Damals hatte es ein paar Monate gedauert, bis die Wärterin auf mich aufmerksam geworden war. Dieses Gefängnis war riesig und immer noch wurden nur selten Frauen als Wärterinnen in unserem Teil des Traktes eingeteilt. Trotzdem schritt ich durch die Gänge mit der Gewissheit, ihr jeden Moment über den Weg zu laufen.

Ich verabschiedete Excel an meiner Zellentür und mein Blick fiel auf meinen Mitbewohner, der in der Ecke saß und mich nur grimmig anstarrte, als sich die Zellentür hinter mir schloss. Ohne den kleinen Mann mit dem dicken Bauch anzusehen, kletterte ich auf das obere Bett und starrte hoch zur Wand. In dieser Position verweilte ich, bis ich ein Grunzen vernahm.

»Die Wärter haben vorhin die Post gebracht.«

Abrupt wandte ich mich zur Seite und sah den Kahlkopf an. Schnell sprang ich von meinem Bett runter, um Mike, so hieß der Kahlkopf, besser sehen zu können.

Dieser zeigte auf den kleinen Tisch neben dem Klo.

Und tatsächlich. Neben Mikes Schmuddel-Zeitschriften lag ein an mich adressierter Brief.

»Danke«, sagte ich kurz und knapp und verschwand mit dem Brief wieder nach oben. Um meine Ruhe zu haben, drehte ich mich zur Wand und öffnete ihn langsam. Mein Herz sprang mir aus der Brust, als ich die geschwungenen Linien sah, die nur von Kat stammen konnten.

»Lieber Luce,

ich sitze hier und weine. Das erzähle ich dir nicht, weil ich will, dass du ein schlechtes Gewissen bekommst. Nein, ich möchte, dass du weißt, wie sehr ich dich vermisse und zu schätzen weiß, wie es wäre, einfach das Handy in die Hand zu nehmen, um dich anzurufen. Ich möchte mich dafür entschuldigen, dass ich dich einfach so hab stehen lassen, nach unserer gemeinsamen Nacht. Ich war fest der Meinung, dass es das Richtige war. Doch nun bin ich anderer Ansicht. In einem Gespräch mit May hat sie mir vor Augen geführt, dass man für seine wahre Liebe kämpfen muss. Ich bin immer noch da und ich werde dich nicht verlassen. Wir zwei, wir beide stehen das durch, bis du wieder bei mir bist. Ich hoffe und bete, dass die Gerechtigkeit siegt, weiß aber, wie unwahrscheinlich dies bei Menschen, wie uns ist. Deswegen bitte ich dich, halte durch! Ich werde dich da rausholen und alles in meiner Macht stehende dafür tun, damit mir dies gelingt.

Bleib stark, wir alle stehen hinter dir.

Ich liebe dich.

Deine Kat«

Ich starrte auf diesen einen Satz und versuchte, zu verstehen, was Kat mir damit sagen wollte.

»Ich werde dich da rausholen und alles in meiner Macht stehende dafür tun, damit mir dies gelingt.«

Was hatte sie vor?

KAPITEL 24

Kat

1 Tag vor Prozessbeginn

Ich spürte den Brief zwischen meinen Fingern, während ich in einem Hauseingang stand und auf das Wohnhaus starrte, das sich auf der gegenüberliegenden Straßenseite befand. Dieser Brief, dieses einzige Lebenszeichen, das ich von Luce in den letzten vier Wochen bekommen hatte, tröstete mich und gab mir Mut für die Sache, die vor mir lag. Durch diesen Brief war mir mehr als klar geworden, wie sehr ich ihn liebte und dass ich bereit war, alles dafür zu tun, dass unsere Liebe eine Chance bekam. Es war eine Tatsache, dass mich die Bilder, die ich bei den Pierces in der Akte gefunden hatte, verstört hatten. Doch ich wusste, dass diese Zeit vorbei war, dass Luce sich verändert hatte.

Auf der gegenüberliegenden Seite wurde die Haustür geöffnet, mit schnellen Schritten überquerte ich die Straße und schlüpfte in den Hausflur, bevor die Tür wieder ins Schloss fiel.

Ich hastete die Treppen hoch, während ich mit den Augen die Namen überflog. Mein Herz schlug so stark, dass ich mich kaum auf meine Gedanken konzentrieren konnte.

Und dann stand ich vor ihrer Tür. Mit klopfendem Herzen starrte ich auf ihr Türschild. Ein tiefer Atemzug und ich betätigte die Klingel.

Stille, die so erdrückend war, dass ich meinen Herzschlag in meinen Ohren hörte. Dann vernahm ich leise Schritte, die immer näherkamen, bis die Tür geöffnet wurde.

Sie war klein. Zierlich, mit langen schwarzen Haaren und blasser Haut. Ihre blauen Augen strahlten ein gewisses Maß an Verwirrtheit und Angst aus. Mein Blick glitt tiefer. Sie trug ein schwarzes, langes Kleid, das weit geschnitten war, so sah man nicht, was sie darunter mit ihren Händen beschützte.

»Hi.«

Ihre Augen wurden groß, und aus welchen Gründen auch immer sie solch eine Angst hatte, ich musste es für mich nutzen.

»Ich heiße Kat.«

»Was wollen Sie?«

»Ich studiere an der NYU und mache gerade eine Umfrage für mein Marketingprojekt. Darf ich reinkommen, um dir ein paar einfache Fragen zum Thema Beauty zu stellen?«

Nun sah ich Misstrauen in ihren Augen.

»Ich glaube nicht.« Sie wollte schon die Tür zumachen, als ich sie davon abhielt, indem ich die Hand dagegen drückte.

»Bitte, ich brauche nur noch zwei Umfragen. Dieses Projekt ist meine letzte Chance, in diesem Kurs nicht durchzufallen.«

Kurz zögerte sie, doch dann hielt sie inne, um mich schließlich rein zu lassen. »Fünf Minuten.«

»Vielen Dank«, sagte ich und betrat die Wohnung.

Sie war weitläufig, doch an jedem Fenster waren die Jalousien geschlossen. Ich betrat einen großen Wohnraum, in dem rechts eine viereckige Kücheninsel stand. Links davon befand sich eine pompöse Sofalandschaft und an der gegenüberliegenden Wand hing ein großer Flat Screen.

»Hübsche Wohnung«, sagte ich, während ich ihr zu der Kücheninsel folgte. Sie zeigte auf einen Barhocker, auf dem ich Platz nahm.

Maya Sawyer ging um die Kücheninsel herum, öffnete den Kühlschrank und nahm eine Packung O-Saft heraus. Aus dem Schrank griff sie ein Glas und drehte sich dann zu mir um. Langsam goss sie sich Saft ins Glas und starrte mich unter ihren langen, falsch aufgeklebten Wimpern an.

»Danke«, antwortete sie auf mein Kompliment. Dann machte sie eine auffordernde Bewegung, die mir signalisieren sollte, ich solle anfangen zu reden.

Nickend kramte ich meinen Collegeblock aus der Tasche, den ich zur Tarnung mitgenommen hatte. »Hast du vielleicht einen Stift für mich?«

Mit hochgezogenen Augenbrauen wandte sie sich ab, um nach einem Kugelschreiber zu suchen. Nun hatte ich einen Moment Zeit, mich nochmal umzusehen. Diese Wohnung war groß und luxuriös. Allein konnte sie sich das bestimmt nicht leisten. Nach dem, was ich alles über sie wusste, war sie 18 Jahre alt und hatte bei ihren Eltern in Queens gelebt. Wie also hatte sie es in dieses teure Stadtviertel geschafft?

Ich dachte an den Instagram-Post zurück. Dort hatte jemand einen Mann erwähnt. Dass mit diesem Mann nicht Luce gemeint war, war klar, doch wer war er?

»Hier.« Maya Sawyer hielt mir einen Kugelschreiber hin. Ich nahm ihn lächelnd entgegen und klappte den Collegeblock auf, sodass sie nicht sehen konnte, was darauf zu erkennen war. Nämlich nichts.

»Wir befragen zehn Leute zu dem Thema Beauty im Alltag. Magst du mir deinen Namen verraten?«

Unsicher musterte sie mich und ich studierte ihr Gesicht dabei gründlich. Mir war so, als befände sich ein Bluterguss unter ihrem rechten Auge, den sie mühsam versucht hatte, wegzuschminken.

»Maya.«

»Super, freut mich, dich kennenzulernen, Maya. Die erste Frage lautet: Wie oft benutzt du Make-up in deinem Alltag?«

Sie schaute mich merkwürdig an und nippte an ihrem O-Saft, bevor sie antwortete. »Jeden Tag.«

Ich notierte es fachmännisch auf meinem leeren Collegeblock. »Benutzt du Make-up auch, wenn kein Anlass dafür besteht?«

Ihre Stirn legte sich in Falten. »Ja.«

»Wieso?«, konterte ich gleich mit der nächsten Frage. »Ich fühle mich wohler.«

»Das heißt, du fühlst dich ohne Make-up …?«

Ich ließ absichtlich die Frage offen, denn viele Mädchen benutzten Make-up, um sich vor der

Welt zu verstecken. Und ich musste schnellstmöglich rausfinden, wieso sie Luce eine Vergewaltigung anhängen wollte. Was noch schwer genug werden würde. Wie sollte man von einer Make-up-Umfrage zu einer Gerichtsverhandlung kommen?

»Angreifbar.«

Das ging in die richtige Richtung.

»Kannst du mir das etwas besser erklären?«

»Ich fühle mich sicherer. Man kann Dinge mit Make-up verschwinden lassen.«

Ich hob die Augenbrauen. »Dinge?«

Sie senkte ihren Blick und trank nochmal von ihrem Orangensaft.

»Nicht so wichtig.«

Sie versuchte abzublocken, doch ich wollte nicht aufgeben. »Du meinst das blaue Auge, was du versucht hast zu überschminken?«

Es war riskant, doch ich hatte nichts mehr zu verlieren. Ich sah Tränen in ihren Augen schimmern und langsam begann ich, Mitleid für sie zu empfinden.

»Das ist nichts«, blockte sie sofort ab. Ihre großen blauen Augen starrten mich an.

»Ich bin zwar nicht deine beste Freundin, aber ich bin gerade hier. Möchtest du etwas sagen, was du anderen nicht sagen kannst?«

Sie schüttelte den Kopf und wieder wanderten ihre Hände auf ihren Bauch.

»Denk an dein Kind«, fügte ich daraufhin hinzu.

Sie starrte mich an, senkte dann den Blick und holte

tief Luft.

»Mein Freund.« Es war kaum ein Flüstern und ich hatte Mühe, sie zu verstehen.

»Schlägt er dich?«

Nun fiel eine Träne ihre Wange hinab. Ich stand auf und ging um die Kücheninsel herum auf sie zu. Vorsichtig, als würde ich auf ein verschrecktes Reh zugehen.

»Ich liebe ihn. Er hat mich aus meinem Elternhaus herausgeholt. Und mir dieses Kind geschenkt.«

Mein Kopf ruckte überrascht in die Höhe. Etwas, und ich glaubte, zu wissen, dass es Erleichterung war, strömte durch meinen Körper. Luce war nicht der Vater ihres Kindes. Ich versuchte, mich zu sammeln, um nicht aus meiner Rolle zu fallen.

»Wie lange seid ihr schon zusammen?«

»Wir kennen uns schon sehr lange. Er ist der Sohn des Arbeitskollegen meines Vaters. Wir hatten immer mal wieder etwas miteinander. An einem Abend haben wir uns gestritten. Ich weiß nicht mal mehr worüber, doch ich habe ihn verlassen und bin mit meinen Freunden feiern gegangen.«

Ich schluckte.

»Es war falsch, das wusste ich und als ich dann später merkte dass ich schwanger war, wusste ich keinen anderen Ausweg. Ich habe meine Familie verlassen. Ich bin zurück zu ihm und habe ihn darum gebeten, mir zu helfen. Er ist immerhin der Vater.«

»Nur weil er dir geholfen hat, hat er nicht das Recht,

dich zu schlagen. Ein Mann hat niemals das Recht, dich zu schlagen.«

Ihr Blick senkte sich und ich trat einen Schritt auf sie zu.

»Was hat er dir angetan? Du kannst es mir sagen, ich bin eine Fremde, ich kann dir helfen.«

Es war, als würde es ihr immens schwerfallen, Worte zu formulieren. Doch sie sprach, leise, aber deutlich. »Ich muss Lügen erzählen. Lügen über das Leben, was ich führe. Über mein Baby.«

»Was für Lügen?«

Tränen liefen ihre Wange hinab. »Ich habe jemand Unschuldigem eine schwere Last aufgebürdet. Ich wollte es nicht, aber er ließ mir keine Wahl.«

Maya sträubte sich, das merkte ich. Es fiel ihr schwer, darüber zu reden.

»Welche Last?«

»Er wollte, dass ich sein Kind jemand anderem anhänge. Ihn der Vergewaltigung bezichtige und ihn damit ins Gefängnis bringe.«

Nun bildete sich ein Knoten in meiner Brust, der mich daran hinderte, etwas auf ihr Geständnis zu erwidern.

»Wer ist der Mann, der deinetwegen im Gefängnis sitzt?«

»Ich kenne ihn nicht gut. Wir hatten einmal was miteinander. Ich mochte es damals hart, sodass die blauen Flecke auf meinen Armen die Beweise waren, die mein Freund brauchte, um ihm die Tat anzuhängen. Hätte ich damals gewusst, was das alles mit sich brachte, hätte ich bestimmt nicht auf dem harten Sex beharrt.«

»Aber du kannst doch nicht zulassen, dass jemand anderes für etwas büßt, was er nicht getan hat?«

»Ich habe Angst. Vor meinem Freund. Bei jedem anderen scheint er nett und höflich. Aber hinter verschlossenen Türen ist er ein Albtraum.«

Nun begann sie zu weinen. Schwarze Tränenspuren liefen über ihre Wangen und brachten langsam aber sicher das blaue Auge zum Vorschein, das sie so mühsam zu verstecken versucht hatte.

»Ich werde dir helfen«, sagte ich mühsam, denn meine eigenen Tränen schnürten mir die Kehle zu.

»Ach, wirst du das?«

Ich fuhr erschrocken herum und ich hörte, wie Maya schluchzend zusammensackte.

Wir waren nicht mehr alleine.

»Hallo, Kat«, begrüßte mich die Person, die das Zimmer betreten hatte, und als ich erkannte, wer es war, hatte ich das Gefühl zu fallen.

KAPITEL 25

Kat

Kälte rieselte mir den Rücken hinab. Das konnte doch nicht wahr sein.

»Schön dich wiederzusehen. Wie ich erkenne, hast du es aus diesem Wald geschafft.«

Ich sah zur weinenden Maya und wieder zurück.

»Adam?« Adam King, Benes Cousin, trat in die Küche und trug ein Grinsen auf den Lippen.

»Was machst du denn hier?«, fragte ich immer noch perplex.

»Ich wohne hier. Und du?«

Wie erstarrt glotzte ich den Mann vor mir an, der lässig im Türrahmen stand. Meine Gedanken überschlugen sich. Im Kopf wiederholten sich immer und immer wieder alle Situationen, in denen ich mit Adam zu tun gehabt hatte.

»Ich ...«

»Wie ich sehe, hast du meine Verlobte schon kennengelernt.« Mein Blick glitt zu Maya, die sich mittlerweile auf dem Küchenboden zusammengekauert hatte.

»Verlobte?«

»Oh ja, Maya und ich sind seit knapp zwei Monaten verlobt.«

»Dann war alles gelogen? Das Studium, dein Interesse an mir, die Tierschutzorganisation?«

»Nicht alles. Ich studiere wirklich und das werde ich auch weiterhin tun und ich bin ebenfalls Mitglied der

Seabears.«

»Aber ich verstehe das nicht. Du hast mich um ein Date gebeten.«

»Ich hab in Texas mal ein Semester Schauspiel studiert.«

Ich hob die Augenbrauen in die Höhe.

»Wieso tust du Luce so etwas an?«

»Ich kann ihn nicht leiden. Warum genau spielt keine Rolle, er wäre so oder so irgendwann wieder ins Gefängnis gegangen.«

»Das kann nicht dein Ernst sein?«

»Ich schlage zwei Fliegen mit einer Klappe. Luce geht ins Gefängnis. Da, wo er hingehört und ich bekomme das, was mir zusteht und zwar Gerechtigkeit und Maya.« Er stockte kurz. »Na ja, Maya bekommt mich und das Kind. Sie hat auf ganzer Linie gewonnen.«

Mein Puls raste, denn die Wut schoss durch meine Adern. »Damit wirst du nicht durchkommen«, spie ich hervor.

»Keiner wird dir glauben, Katharina.«

»Woher ...?«, fragte ich ungläubig.

»Ich weiß viel mehr, als du glaubst.«

»Aber wieso?«

Nun stand er da und es sah aus, als würde er über etwas nachdenken. Dann zuckte er mit den Schultern.

»Du wirst eh keine Chance mehr haben, die Tatsachen zu ändern. Dass du hierhergekommen bist, vereinfacht mir die Sache ungemein und du kannst nun die Wahrheit hören. Damit wir quitt sind und die Sache im Wald nicht mehr zwischen uns steht.«

»Du bist ja nicht mehr ganz bei Trost«, antwortete ich zickig, aber Adam ließ sich davon nicht durcheinanderbringen.

Stattdessen ging er zu einer Glasvitrine und füllte sich ein Glas mit braunem Alkohol. Dann ging er damit zu der Couch und nahm dort Platz. »Mein Bruder Richie saß im gleichen Gefängnis wie Luce zu jener Zeit. Er war Mitglied einer Gang namens ...«

»... Hells Scorpions.«

Er hob überrascht die Augenbrauen. »Er hat dir davon erzählt?«

Ich nickte.

»Nun, dann weißt du auch, dass er das, was ihm nun angetan wird, mehr als verdient hat.«

»Unsinn«, meinte ich und trat einen Schritt auf ihn zu.

Er ließ sich nicht beirren, sondern erzählte einfach weiter. »Er war kein hohes Tier, aber er hatte Schutz und Einfluss, während er Mitglied der Gang war. Doch irgendwann kamen Gerüchte auf, dass es jemanden gab, der gut mit den Wärtern konnte. Dass jemand mit einer Wärterin ins Bett ging, um sich damit Schutz zu kaufen. Ich tat dies ab, meinte zu Richie, er solle sich beruhigen.«

»Du weißt gar nichts. Glaubst du, Luce hat das Spaß gebracht? Er musste das tun.«

»Klar musste er das.«

»Er wäre sonst von deinem abartigen Bruder weiter misshandelt worden.«

In seinem Gesicht zuckte es, als hielte er sich massiv zurück. »An dem Tag, an dem ich Richie das letzte Mal gesehen habe, waren wir mit mehreren Häftlingen in einem Besucherraum. Er berichtete mir, dass mehrere seiner Gang in ein anderes Gefängnis verlegt worden waren oder einfach verschwunden sind. Er zeigte auf Luce, den ich an diesem Tag das erste Mal sah. Der Freak, Danny, besuchte ihn gerade. Richie meinte, je öfter er seinen Schwanz in diese Wärterin steckte, desto mehr von ihnen verschwanden.«

Ich fühlte mein Herz viel zu stark in meiner Brust schlagen.

»Ich tat dies ab. Vertröstete Richie, meinte er bildete sich das nur ein. Bis …« Er unterbrach sich selbst.

»Bis was?«

»Bis auch er in ein anderes Gefängnis verlegt worden ist. Dort war er ein Niemand. Der Neue. Nur Dreck. Sodass er in ständiger Angst lebte. Alle Anträge auf Zurückversetzung schlugen fehl. Mein Bruder war ein labiler Junge. Er hielt die Behandlung nicht aus, die er im Knast bekam. Bis er sich selbst erlöste und sich an seinem Hochbett aufhängte.«

Ich schlug die Hände vor den Mund. In Adams Augen glänzten Tränen. Doch er ballte die Hand zu einer Faust.

»Dein geliebter Luce hat meinen Bruder auf dem Gewissen.«

Er stellte das Glas ab und stand auf.

Sofort ging ich einen Schritt zurück, suchte nach einem Gegenstand zur Verteidigung. Ich fand ein

Nudelholz. Schützend hielt ich es in den Händen, aber Adam lachte nur.

»Luce wird dafür büßen. Er wird in diesem Gefängnis verrotten.«

Das war der Moment, in dem er auf mich losging. Er wollte mich am Arm packen, doch ich wich ihm aus und holte mit dem Nudelholz aus. Ich traf ihn direkt ins Gesicht. Vor Schmerz schrie er auf und hielt sich seine Schläfe. Zwischen seinen Fingern sickerte langsam Blut hindurch. Ich stand da und meine Hände begannen zu zittern.

»Du bist genauso eine Schlampe wie er.« Mit einer fließenden Bewegung holte er wieder aus, riss mir das Nudelholz aus der Hand und schlug mir direkt ins Gesicht. Vor Schmerz schrie ich auf und verlor den Halt unter meinen Füßen.

Meine Augen glitten zu Maya, die weinend dasaß und mich anstarrte.

Adam ging auf meine Tasche zu und zog mein Handy heraus.

»Komm.« Mit diesem Befehlston wandte er sich an Maya. Sie bewegte sich schluchzend auf ihn zu und als wäre sie eine Marionette, tat sie das, was er wollte. Er packte sie am Oberarm und ging mit ihr zur Tür. »Jetzt bist du dran.«

Gemeinsam verließen die Küche und ich hörte ein dumpfes Krachen und einen erstickten Schrei. Dann war kurz Stille, bevor ich wieder Schritte hörte, die sich der Küche näherten.

Als Adam wieder in der Tür stand, rann es mir kalt den Rücken hinab.

Mit einer Handbewegung schubste er Maya in meine Richtung. Unsanft fiel sie zu Boden und ich entdeckte ihr blutverschmiertes Gesicht.

»Ich glaube, ihr zwei habt noch etwas zu besprechen. Ich muss mich in der Zwischenzeit für eine Gerichtsverhandlung vorbereiten. Schlimm genug, dass du mich so verunstaltet hast, aber so ein Spektakel werde ich nicht verpassen.«

Mit diesen Worten schloss Adam die Tür hinter sich und die Panik packte mich, als ein Schlüssel die Tür verriegelte.

KAPITEL 26
Kat

Maya weinte, seit Adam das Zimmer verlassen hatte. Wie elektrisiert rappelte ich mich vom Boden auf, ging zur Kücheninsel und schnappte mir ein Küchentuch, das ich befeuchtete. Damit ging ich zur weinenden Maya und säuberte ihre Wunde an der Schläfe. Als würde sie das beruhigen, wurde ihr ersticktes Weinen immer leiser, bis es ganz aufhörte. Dann erst begann ich mit ihr zu sprechen.

»Maya?« Sie blickte auf und ich strich ihr beruhigend die Haare aus der Stirn. »Erzähl mir alles.«

Und das tat sie. Mayas Eltern waren zwar nach außen hin gute Leute mit einem anständigen Beruf, aber innerlich ließen sie an ihrer Tochter kein gutes Haar. Da Maya dunkel und in sich gekehrt war, konnten sie nichts mit ihr anfangen. Sie drängten sie in ein Leben, das sie nicht wollte. Sie schickten sie auf gute Schulen, kauften ihr anständige Klamotten und hofften, sie so auf die richtige Bahn zu leiten. Doch bekannterweise gelingt dies nicht oft. So zog sich Maya immer mehr zurück. Sie trug am Tage zwar die Kleidung, die ihre Eltern an ihr sehen wollten, in den Nächten aber, wo sie sich aus dem Haus schlich, zog sie ihre knappen schwarzen Jeanshosen und die blutroten Tops an, um mit ihren Freunden loszuziehen.

»Eines Abends traf ich ihn dann. Wir hatten uns in Queens in einer Bar verabredet, die nicht nach den Ausweisen fragte. Meine Clique und ich verschanzten uns in einer Ecke mit klebrigen Ledersofas und tranken Wodka pur. Dann sah ich ihn und noch heute weiß ich nicht, wieso ich zu ihm hinüberlief. Doch, es war die Art, wie er an der Bar saß. Zerbrechlich und dunkel. So wie ich.«

»Luce?«

Maya nickte. »Wir unterhielten uns nicht über Tiefsinniges. Er kam gleich zur Sache. Gab mir zu verstehen, dass er nur das eine wollte. Die Sache, die auch ich wollte. Ich sagte ihm, wie ich es gern mochte. Erst war er abgeneigt, besonders als er erfuhr, wie alt ich war. Doch schließlich verabredeten wir uns für den nächsten Tag. Meine Eltern waren unterwegs und somit hatten wir das Haus für uns. Wir redeten nicht viel. Wir wussten nicht viel voneinander. Wir taten es und dann gingen wir getrennte Wege.« Wieder bildeten sich Tränen in ihren Augen, doch sie sprach weiter. »Danach ging ich zurück zu Adam und brach den Kontakt zu meinen Eltern ab.«

»Das heißt, sie wissen nicht mit wem du zusammen bist und dass du ein Kind erwartest?«

Sie schüttelte traurig den Kopf.

»Ist dies die Wohnung von Adams Vätern?«

Sie nickte wieder.

»Allerdings sind sie kurz vor unserer Verlobung wieder nach Texas zurückgezogen.«

Ich seufzte frustriert »Doch wieso Luce?«

Sie schüttelte den Kopf. »Ich erzählte Adam alles. So auch das mit Luce. Ich mochte es, harten Sex mit meinen ›Bekanntschaften‹ zu haben, aber Adam wurde sauer.« Sie schluckte. »An diesem Tag, schlug er mich zum ersten Mal. Auch er schlief mit mir und auch wenn ich zu diesem Zeitpunkt auf harten Sex stand, war dieser selbst für mich zu viel. Seine Aggression auszuhalten, war schier unmöglich.«

Aufgeregt erhob ich mich und tigerte in der Wohnung hin und her. Ich lief zum Fenster und zog die Jalousien hoch, denn der Sonnenuntergang zog jedes Licht aus dem Raum heraus.

»Wieso hast du ihn nicht wieder verlassen?«

»Heute bin ich anders. Jeder Schlag tut mir weh. Ich finde nichts Schönes mehr an roher Gewalt. Ich dachte, ich wähle den Mann, der mich liebt. Ich dachte, ich baue mir meine eigene kleine Familie auf.« Ihre Hand wanderte zu ihrem Bauch.

»Woher weißt du, dass es nicht Luces Kind ist?«

»Ich war beim Arzt. Ich habe mit beiden ohne Kondom geschlafen. Die Ärzte konnten mir ziemlich genau sagen, wann das Zeugungsdatum war und es war noch vor dem Treffen mit Luce.«

Frustriert fluchte ich. Ich musste hier raus um die Wahrheit ans Licht zubringen. Adam musste dafür büßen, was er uns angetan hatte.

»Würdest du gegen ihn aussagen?«

Mayas große Augen starrten mich an. »Wie?«

»Ich werde einen Weg hier rausfinden. Aber du musst dich dann gegen Adam stellen. Du musst die Anklage fallen lassen und stattdessen deinen Verlobten anzeigen.«

Sie nickte. Erst wenig, aber dann immer mehr. Immer entschlossener. Als hätte sie nur darauf gewartet, dass jemand kam und ihr einen Ausweg zeigte.

»Ich verspreche es.«

Ich atmete tief aus. Das war geschafft. Doch wie kamen wir hier raus?

KAPITEL 27
Luce

Tag des Prozesses

Ich war früh wach und starrte an die graue Decke über mir. An Schlaf war diese Nacht nicht zu denken. Heute war der Tag der Tage. Der Prozess. Der Moment, an dem entschieden wurde, ob mein Leben vorbei war oder weiterging. Ob ich die Liebe meines Lebens verlieren oder ob es eine Zukunft geben würde.

Unter mir grunzte mein Zellengenosse im Schlaf und ich versuchte mir vorzustellen, dies den Rest meines Lebens zu hören. Weder Lucy, noch Danny je wieder ohne eine Scheibe zwischen uns zu sehen. Kat nie wieder berühren zu können. Mir wurde übel, daher schwang ich meine Beine über die Bettkante, um dann mit einem kleinen Schwung runter auf den Boden zu springen. Mein Zellengenosse, der noch immer schlief, grunzte wieder. Wartend nahm ich an dem kleinen Tisch Platz und kramte nervös Kats Brief erneut hervor und las ihn immer und immer wieder von neuem. Wie würde dieser Tag enden? Trotz allem bereute ich eine Sache nicht, die passiert war, nachdem ich das erste Mal aus dem Gefängnis entlassen worden war. Ich hatte dieses atemberaubende Mädchen kennengelernt und hoffte, sie nicht verlieren zu müssen.

»Häftling?«

Ich erschrak, doch nicht, weil ich in Gedanken

gewesen war. Ich erschrak, weil ich diese Stimme kannte. Ich begann zu zittern. Kalter Schweiß rann meinen Rücken hinab. Bilder schoben sich vor meine Augen und Übelkeit stieg in mir auf. Als ich hochblickte, sah ich in ihr freudiges Lächeln.

»Lang nicht gesehen, Schneeflöckchen.«

Irgendetwas würgte sich in mir hoch und ich machte einen Satz zur Toilette. Jedoch kam nichts raus. Als ich mich wieder erhob, war sie immer noch da.

»Wollen wir?«

Immer noch sah sie aus wie früher. Diese blaue Uniform. Die blonden Haare zu einem Dutt gebunden. Die braunen Augen, die nur Macht ausstrahlten.

Festgefroren blieb ich, wo ich war.

»Häftling.« Sie wurde laut und schlug laut mit etwas gegen die eiserne Zellentür. Und so tat ich das, was von mir verlangt wurde. Ich verließ meine Zelle und starrte ihr direkt in die Augen. Obwohl ich fast einen ganzen Kopf größer war als sie, fühlte ich mich klein und hilflos. Sie legte mir Handschellen an und machte eine Handbewegung, damit ich mich in Bewegung setzte.

»Los.« Ihre Stimme war rau und ich dachte an die etlichen Male zurück, als ich durch diese Stimme aus meiner Besinnungslosigkeit gerissen worden war, nachdem sie mit mir fertig gewesen war.

Wir marschierten die Flure entlang, vorbei an all den anderen Zellen. Mehrmals wanderte mein Blick zu dem einen oder anderen Mithäftling. Sie konnten mir nicht helfen.

Sie brachte mich raus für eine Untersuchung, denn sie mussten sichergehen, dass ich unbewaffnet in den Gerichtssaal ging. Wieder stieg Übelkeit in mir auf, in dem Moment als wir diesen kleinen Raum betraten, wo ich mit ihr alleine war.

An der Schwelle blieb ich stehen. Sie trat an mir vorbei, löste die Handschellen und musterte mich von oben bis unten. Was da in ihrem Blick zu lesen war, wusste ich. Begierde.

»Hast du mich vermisst?«, fragte sie.

Vielleicht könnte ich versuchen, auf sie loszugehen, doch ich entdeckte den Schlagstock und die Waffe an ihrem Gürtel.

Als ich nicht antwortete, kam sie näher. Der Geruch von Apfelmus drang in mein Inneres. Ich kannte diesen Geruch nur zu gut.

»Hast du deine Stimme verloren?«

»Du kannst mich mal.« Es hörte sich nicht gerade kräftig an, aber ich war fest entschlossen, mich nicht mehr unterkriegen zu lassen.

»Ausziehen.«

»Nein.«

Sie begann zu lachen. »Nein?«

Stattdessen hob ich die Hand und zeigte ihr meinen Mittelfinger.

Ihre Augenlider zuckten. Sie kannte es wohl nicht, dass sie auf Gegenwehr stieß. »Gut, dann anders.«

In Zeitlupe kam sie auf mich zu und löste den Schlagstock von ihrem Gürtel. Dann holte sie aus. Er traf

mich direkt in den Magen und ich krümmte mich vor
Schmerz.

»Ausziehen, habe ich gesagt.«

Als ich mich nicht rührte, holte sie ein weiteres Mal
aus. Diesmal traf sie mich im Gesicht und ich spürte
wie meine Nase brach. Warmes Blut lief mir über die
Lippen, jedoch lachte ich nur.

»Miss Porter?«, ertönte es an der Tür. »Brauchen Sie
Hilfe mit dem Gefangenen?«

Sie sah mich an. Wut verzerrte ihr Gesicht. »Er tut
nicht, was er soll.«

Der große dunkelhäutige Mann trat neben sie und
nickte. »Ich übernehme.«

Sie machte ein Schritt auf mich zu und starrte mir
direkt in die Augen.

»Das war nur der Anfang.«, flüsterte sie und verließ
dann den Raum.

KAPITEL 28
Kat

Mein Blick suchte jeden Zentimeter im Zimmer nach einer Möglichkeit ab, die Tür aufzubrechen.

Der Messerblock? Entschlossen griff ich nach einem der Messer und versuchte damit mein Glück an der Tür, doch das Schloss war hartnäckig.

Die Schubladen. Ruckartig riss ich jede auf. Ein Kartoffelstampfer? Es war mir egal, ich versuchte alles, um diese verdammte Tür aufzubrechen. Wild schlug ich mit dem Stampfer auf den Türgriff ein, doch er bewegte sich nicht einen Zentimeter.

»Wir kommen hier nicht raus«, sagte Maya leise hinter mir.

»Wenn man so eine Einstellung hat, dann nicht.«

Die ganze Nacht hatte ich gegrübelt, wie Maya und ich hier rauskamen. Ich hoffte, dass Emma irgendwann nach mir suchen würde. Doch wie sollte sie darauf kommen, wo ich war? Maya war keine große Hilfe, trotzdem gab ich nicht auf. Nervös sah ich auf die Uhr. Der Prozess begann in drei Stunden. Irgendetwas musste ich doch tun können! Und so schnappte ich mir nochmals den Kartoffelstampfer und hämmerte mit voller Wucht gegen die Tür. Dann begann ich zu schreien. Irgendwer musste mich doch hören.

»Vielleicht hilfst du mal?«, schrie ich Maya an, die wieder weinte. Mit Tränen im Gesicht erhob sie sich vom Boden und ging ans Fenster.

»Es lässt sich nicht ganz öffnen, doch man kann es auf Kipp stellen.«

Gesagt, getan. Wir schrien uns die Seele aus dem Leib, bis ich glaubte, keine Stimme mehr zu haben. Erschöpft ließ ich mich auf den Boden gleiten und vergrub das Gesicht in meinen Händen.

»Liebst du ihn so sehr?«

Das erste Mal merkte ich, wie mir die Tränen in die Augen stiegen. »Ich liebe ihn nicht nur. Er ist einfach alles für mich. Ich brauche ihn wieder. Du und Adam habt ihn mir genommen.«

Maya wollte mich trösten und widerwillig ließ ich es zu, dass sie ihre Arme um mich schlang. Die Zeit raste an uns vorbei und ich wusste nicht, wie lange wir so dasaßen, bis uns plötzlich ein Geräusch im Flur auseinanderriss.

»Das ist Adam«, stieß Maya ängstlich hervor. Doch anders als sie sehnte ich diesen Mistkerl herbei.

Voller Adrenalin stand ich auf und wartete, bis ich Stimmen hörte. Es waren mehrere, doch ich konnte sie nicht zuordnen.

In dem Moment, als ich hörte, wie ein Schlüssel sich im Schloss drehte, schlug mein Herz bis in den Himmel. Dann öffnete sich die Tür.

»Kat?«

Es war nicht Adam, der da in der Tür stand. Aus

meiner Kehle entfuhr mir ein Schrei und abrupt machte ich einen Satz nach vorne um Emma in meine Arme zu ziehen.

»Ich bin so froh, dass es dir gut geht.«

Ich lachte. Ich liebte sie einfach. »Wie, Emma?«

»Nicht nur du kannst stalken. Ich habe Alex so lange bequatscht, bis er mir alles über sie erzählt hat.«

Emma deutete auf Maya. Auch in ihrem Gesicht stand die Wut, die ich in mir trug, aber ich versuchte, sie zu besänftigen. »Sie wird uns helfen.«

»Erzähl mir alles, Katty.«

»Das tue ich, aber wir müssen erstmal los. Ich erzähle es im Auto.«

Erst als ich durch die Tür trat, sah ich einen Mann im Flur stehen.

»Das ist Mister Paul. Er ist hier Hausmeister.«

»Erinnere mich daran, dass ich ab morgen bis an dein Lebensende mit dir Golden Girls gucken werden. Egal wie oft und wie lange.«

»Ist das ein Schwur?«

Ich lachte. »Das ist es.«

Wir drei verließen das Wohnhaus und stiegen in den grünen VW, um direkt zum Gericht zu fahren. Während der Fahrt erzählte ich Emma, was ich alles herausbekommen hatte.

»Wenn ich dieses Wiesel in die Finger bekomme, dann bringe ich ihn eigenhändig um.«

Nervös sah ich New York's Hochhäuser an mir vorbeirasen. Würden wir rechtzeitig kommen?

Prüfend sah ich zu Maya in den Rückspiegel und ich konnte nur schwer erahnen, wie es in ihr aussah. Doch sie musste ihr Wort halten.

Als wir vor dem Gerichtsgebäude hielten, sprang ich fast noch während der Fahrt aus dem Auto und zog Maya mit mir.

Das Gebäude war einschüchternd und gab mir zugleich Mut.

Emma, die das Auto parkte, hatte versprochen Alex anzurufen, um ihm alles zu erzählen.

»Name?«

Die Empfangsdame sah mich eindringlich durch das Plexiglas hindurch an.

»Kat Mason. Ich möchte zur Verhandlung gegen Lucas Snow.«

Sie tippte etwas in ihren Laptop und schaute dann über den Rand ihrer Brille hinweg wieder zu mir.

»Tut mir leid. Es dürfen keine ausstehenden Personen der Verhandlung beiwohnen.«

»Aber wir haben etwas zur Verhandlung beizutragen.«

Die Dame zog die Augenbrauen hoch. »Das da wäre?«

»Ich möchte meine Aussage zurückziehen.«

Ich starrte in Mayas Gesicht.

»Und wer sind Sie, wenn ich fragen darf?«

Maya trat hervor und blickte der Dame direkt in das faltige Gesicht.

»Ich bin Maya Sawyer. Ich bin die Klägerin dieser Verhandlung.«

»Haben Sie einen Ausweis dabei, Miss?«

Maya schüttelte den Kopf. »Nein, dafür war keine Zeit.«

»Dann kann ich sie leider nicht rein lassen. Kommen Sie mit ihrem Anwalt wieder.«

Widerwillig entfernten wir uns vom Empfangsschalter, als Emma das Gebäude betrat. »Kommt, ich weiß wo es lang geht.«

Und schon wieder hätte ich meine beste Freundin abknutschen können.

Wir rannten die Treppen hinauf in den vierten Stock und suchten den Raum, in dem Luce gerade seine dunkelsten Stunden verbrachte.

Vorsichtig legte ich die Hand auf die Türklinke und betrat den Raum. Wie damals in der Schule, als man zu spät war und dann den Klassenraum betrat, wandten sich alle Köpfe mir zu. Doch ich sah nur Luce.

Tränen der Wut stiegen mir in die Augen. Sein Gesicht war blutverkrustet und ein großer blauer Fleck befand sich auf seinem rechten Wangenknochen. Er saß wie ein Häufchen Elend auf einem Stuhl neben Alex Reever, der mich ungläubig ansah. Als Luce jedoch aufschaute und in meine Richtung sah, erkannte ich Hoffnung in seinen Augen.

»Engelchen?«, formte er mit den Lippen.

»Bitte verlassen sie diesen Raum, Miss«, ertönte es vom Richter.

»Nein, wir haben eine Aussage zu machen«, sagte ich

mit fester Stimme.

»Du und wer?«

Ich riss den Kopf herum und nicht Maya befand sich hinter mir, in der Tür, sondern Adam. Er war hinter mir erschienen und von Maya war keine Spur mehr. Wo war sie plötzlich hin?

»Maya Sawyer möchte ihre Aussage zurückziehen. Und dieser Mann sollte statt Luce auf diesem Stuhl sitzen.«

»Miss ...?« Der Richter, rief zur Ruhe und sah mich an. »Wer sind Sie?«

»Ich bin Kat Mason und ich kenne die Wahrheit.«

Er nickte wenig beeindruckt. »Und können Sie das auch beweisen?«

»Ja.«

Mit einem wütenden Blick sah ich zu Adam und dann zurück zum Richter. »Geben Sie mir eine Sekunde«, bat ich und lief aus dem Raum.

Maya saß draußen vor der Tür, weinend auf einer Bank.

»Ich weiß nicht, ob ich das kann«, stammelte sie, als sie mich entdeckte.

Vor ihr ließ ich mich auf die Knie fallen. »Bitte, Maya. Bitte, gib ihn mir zurück. Du bist die Einzige, die das kann.«

»Er ist da drin, oder?«

Ich nickte, denn ich wusste, sie meinte Adam.

»Ja, aber du brauchst keine Angst mehr vor ihm zu haben. Er wird dir nichts mehr antun. Wir werden die Wahrheit ans Licht bringen und dann werden er und

Luce die Plätze tauschen.«

Sie schaute mir tief in die Augen und stand auf.

Emma tauchte neben mir auf. »Sie haben mich rausgeschickt. Das Einzige, was sie erlauben würden, wäre, wenn Maya eine Aussage macht.«

Hoffnungsvoll sah ich Maya an und flüsterte ein »Bitte.«

Dann stand sie auf und betrat den Gerichtssaal.

Emma und ich blieben zurück.

Wie lange es dauerte, wusste ich nachher nicht mehr. Vor Erschöpfung war ich an Emmas Schulter eingeschlafen, doch ein lautes Geräusch riss mich aus meiner Dämmerung. Ich rappelte mich hoch und auch Emma erhob sich.

Die Türen öffneten sich und viele Leute verließen den Raum. Hektisch huschte mein Blick von Gesicht zu Gesicht, bis ich das von Alex Reever entdeckte, der geradewegs auf uns zu kam.

»Und«?, rief Emma, denn mir fehlten die Worte.

»Ihr habt es geschafft. Er ist frei.«

Dies war der Moment, in dem es um mich herum dunkel wurde und ich in eine Welle der Erschöpfung fiel.

KAPITEL 29

Kat

Der schwarze Kaffee in meinem Becher war kalt. Ich saß auf Luces Bett und starrte auf sein Bücherregal. Studierte die einzelnen Buchrücken. Draußen hörte ich Emma und Danny über irgendetwas streiten. Es waren 24 Stunden vergangen, seit dem Satz von Alexander Reever, dass Luce frei war. An den Rest konnte ich mich nicht erinnern, denn ich kam erst in der Wohnung wieder zur Besinnung. Emma und Danny erklärten mir, dass Luce noch nicht frei war, doch dass dies nicht mehr so lange dauern würde. Sie erzählten mir, dass Maya ihre Aussage zurückgezogen hatte. Sie hatte ihre Geschichte preisgegeben, ihr Inneres nach außen gekehrt und somit gezeigt, dass Luce nicht der war, den sie festhalten sollten. Sie berichtete von den Schlägen und von der Erpressung. Sie erzählte, dass es ihr Wille gewesen war, was zwischen Luce und ihr passiert war. Schließlich wurde die Verhandlung vertagt, um die Geschichte zu prüfen. Um bei ihrem Arzt eine Bescheinigung einzuholen, dass das Zeugungsdatum vor dem Treffen von Maya und Luce lag, und dass er somit nicht der Vater sein konnte. Sie würden sich Meinungen von Mayas Freunden einholen, die bestätigen würden, welche Art von Vorlieben Maya gepflegt hatte. Noch war Luce zwar nicht frei, aber Adam wurde vorläufig festgenommen. Es gab genug Punkte, die ihn belasteten. Jetzt hieß es nur warten.

Erleichtert ließ ich mich in Luces Bettlaken sinken und nahm seinen Geruch in mir auf. Ich merkte nicht, wie ich wieder einschlief. Die Ereignisse der letzten Tage waren wohl zu viel für mich gewesen, so dass ich dem Drang nachgab und in einen erholsamen Schlaf sank.

Ich wurde erst wieder wach, als ein intensiver Schwall von Luces Geruch in mein Inneres sickerte. Müde streckte ich meine Glieder auf seiner Decke aus und rollte mich auf die Seite. Da war es wieder. Wieder nahm ich Luces Geruch intensiv wahr und ich öffnete langsam meine Augen.

Stählerne Sturmaugen empfingen mich und ich glaubte zu träumen. Luce war nur wenige Zentimeter entfernt von mir. Seine schwarzen Strähnen umrahmten das Gesicht, das ich so liebte. Ein Lächeln umspielte seine Lippen und sein Gesicht war noch immer übel zugerichtet, doch es klebte kein Blut mehr an seiner Haut. Vorsichtig hob ich die Hand. In dem Moment, als ich sein Gesicht berührte und diese Empfindung direkt durch meinen ganzen Körper schoss, wusste ich, dass es kein Traum war.

»Luce?«, flüsterte ich und sein Lächeln wurde breiter.

»Du hast es geschafft, Kat. Wie kann ich dir das nur jemals danken?«

Abrupt hob ich den Kopf und vereinigte meine Lippen mit seinen. Ich wollte ihm so nahe wie möglich sein. Am liebsten wollte ich ihn nie wieder loslassen. Unwillkürlich schob ich mich auf ihn und küsste ihn stürmisch. Meine Hände gruben sich in seine Haare und er hielt mich auf sich. Seine Hände streiften meinen Rücken, umfassten meinen Hintern und er stöhnte an meinem Mund.

»Engelchen.« Er stockte und hielt mein Gesicht so, dass er mir direkt in die Augen blickte.

»Ist das hier echt?«, fragte ich ihn außer Atem.

Er nickte.

»Soll ich es dir beweisen?«

Ich brauchte das. Ich wollte einen Beweis, dass dies hier die Realität war. Er erhob sich und nahm meine Hand. Mein Blick wanderte an Luce herab. Er trug andere Kleidung als an dem Tag, an dem die Polizei ihn mitgenommen hatte.

»Wie lange bist du schon hier?«, fragte ich ihn.

»Ein paar Stunden. Du brauchtest deinen Schlaf und ich musste die Sachen aus dem Gefängnis los werden.«

»Komm.« Er zog mich an der Hand aus dem Zimmer und ich folgte ihm bereitwillig. Wir betraten das Badezimmer und Luce schloss die Tür hinter uns. Dann drehte er den Wasserhahn unter der Dusche auf. Das Geräusch des fließenden Nasses beruhigte mich ein wenig. Langsam füllte sich der Raum mit Wasserdampf und der Spiegel an der Wand beschlug.

»Was machen wir?«, fragte ich etwas zögerlich.

»Wir duschen. So wie in Long Beach im Hotelzimmer.« Die Erinnerung an unsere erste gemeinsame Dusche drang durch meine Gedanken und mir wurde heiß. Und das nicht, weil der Dampf den Raum langsam erhitzte.

Luce trat auf mich zu und drückte mir einen zarten Kuss auf die Lippen. Strich über die Wunde an meinem Auge.

»Ich würde ihn am liebsten dafür umbringen«, murmelte er, doch ich schüttelte wild mit dem Kopf.

Er verzog das Gesicht, sagte aber nichts mehr dazu. Stattdessen wanderten seine Finger an meinem Pullover herunter. Er zog ihn mir über den Kopf und griff dann um mich herum, um meinen BH zu öffnen. Und ich ließ ihn das bereitwillig tun. Ich wollte, dass er nie wieder aufhörte. Er liebkoste mich, während er mir die Hose aufknöpfte. Ungeduldig half ich ihm, indem ich sie auszog und auch die Socken abstreifte. Hitze schoss an den Ort, an den nur Luce durfte. Mit einem Stöhnen schloss ich die Augen, um es zu genießen, entschied mich jedoch gleich wieder dagegen. Ich wollte jede Sekunde in mich aufnehmen. Schließlich schob Luce mir das Höschen herunter und ging vor mir auf die Knie. Seine Zunge kostete mich und ich vergrub meine Finger in seinen Haaren. Liebevoll spielte er mit mir, bis ich glaubte, meine Beine würden mich nicht mehr halten. Dann erhob er sich, und nahm wieder meine Hand. Vorsichtig schob er mich unter den Wasserstrahl und ich genoss die Wärme, die an meinem Körper hinablief. In der Sekunde, als Luce nackt zu mir in die Dusche kam, wurde alles andere unwichtig.

»Du hast diesmal keine Hemmungen, oder?«, fragte

ich ihn neckend und er lachte so laut und unbeschwert, dass ich am liebsten einen Schalter umlegen wollte, um diesen Moment einzufrieren. Niemals wollte ich Luce wieder ohne dieses Lachen hören.

»Und du bist nun weit weg von unschuldig, mein Engelchen. Im Gegenteil. Ich habe deine Unschuld genommen. Ich werde immer der sein, der dich das erste Mal berührt hat.«

Lächelnd machte ich ihm in der Dusche Platz.

Genießerisch beobachtete ich ihn, wie er unter den Strahl trat und das Wasser seinen Körper um- schmeichelte.

Behutsam legte ich die Hände auf seine Hüfte und stockte dann. Ein großer Bluterguss erstreckte sich über seinen Bauch. Ich schluckte. Luces Hand legte sich auf meine.

»Denk nicht mehr daran, Kat. Es ist vorbei.«

»War sie das?« Kurz flammte die Dunkelheit wieder auf, doch sie war so schnell wieder fort, wie sie gekom- men war.

»Ja. Aber ich habe mich gewehrt. Das, was ich damals nicht gekonnt habe. Ja, ich habe dieses Mal Schläge eingesteckt, aber ich habe sie klein gemacht. Habe sie daran gehindert, das zu tun was sie vorhatte und das hat mich stark gemacht, Kat.«

»Du warst immer stark, Luce.«

»Ich habe mit Alex Reever gesprochen. Ich habe ihm alles erzählt.«

»Von ihr?«

»Alles aus dem ersten Mal im Gefängnis und das, was jetzt geschehen ist.«

»Ich bin stolz auf dich.«

Luce lächelte. »Ich weiß nicht, ob er etwas tun kann, aber es tat gut, es loszuwerden. Damit hat sie die Macht über mich verloren.«

Wieder küsste er mich und drückte mich leidenschaftlich gegen die Duschwand.

»Das will ich jeden Tag machen. Nein, am liebsten jede Stunde«, flüsterte er und ich erschauderte.

Wir würden uns niemals wieder Leid zufügen. Es würde Streit geben, aber das, was wir durchgemacht hatten, würde uns nicht mehr entzweien.

»Ich fühle mich immer noch wie in einem Traum. Niemals habe ich darauf gehofft, dich wieder in meinen Armen zu spüren. Nach unserer gemeinsamen Nacht dachte ich, dich für immer verloren zu haben.« Er zog mich noch ein Stück fester zu sich und drückte mir einen Kuss auf die Stirn.

»Ach? Sagt derjenige, der so davon überzeugt war, mich wieder rumzukriegen.«

»Das war nur mein großes Ego, das da aus mir gesprochen hat.«

»Verstehe«, lachte ich.

»Es tut mir leid, dass ich dich einfach so stehen gelassen hab, nach dieser Nacht.«

»Das war gut«, sagte er dann und ich verzog die Stirn in Falten.

»Ach ja?«

»So habe ich die Zurückweisung am eigenen Leib gespürt. Ich habe erkannt, was ich dir damit angetan habe. Wie sehr so etwas wehtut.«

Unfähig zu sprechen, legte ich die Stirn an seine nasse Brust.

»Ich liebe dich, Engelchen. Du bist mein Leben.«

Ich antwortete Luce, indem ich wieder begann, ihn zu küssen, um ihm dadurch zu zeigen, wie sehr ich ihn liebte.

KAPITEL 30

Kat

»Mit extra viel Milchschaum, bitte.«

Es war ein kühler Februartag an der NYU. Ein perfekter Tag für Cappuccino, bevor es zum wöchentlichen Geschichtsseminar bei Professor Heath ging.

Gustav lächelte mir hinter seinem Kaffeewagen zu und begann mit dem Aufschäumen.

»Geht es dir gut?«, fragte er mich, während er den Becher mit der Milch unter die Maschine stellte. Der Geruch von frisch gebrühtem Kaffee stieg mir in die Nase und ich freute mich riesig darauf.

Ich schob mir die dunkelbraune Wollmütze zurecht, die mir der scharfe Wind fast vom Kopf wehte.

»Ja, es geht mir wunderbar«, antwortete ich auf seine Frage. Er spielte auf die Situation in der Bibliothek an, als ich noch die Jurabücher nach einer Lösung durchgesucht hatte.

»Sicher?«, fragte er nochmals und ich nickte den blonden Jungen vor mir an, als ich dann plötzlich Arme spürte, die sich von hinten um meine Taille schlangen.

»Kaffee, schwarz, bitte.« Luces Stimme ließ mich erschaudern. Seine Wange streifte die meine, und sein Dreitagebart kitzelte an meiner empfindlichen Haut. Sofort nahm ich so viel von Luces Geruch in mir auf, wie ich konnte.

Gustav starrte den Mann hinter mir an. Lächelnd wandte ich mich Luce zu und er legte wie selbstverständlich die Lippen auf meine. Genießerisch schloss ich die Augen, kostete diese Selbstverständlichkeit voll aus, die wir nun nach all dem Schlamassel mehr als denn je zu schätzen wussten.

Als Luce sich von mir löste und sich neben mich stellte, verschränkte er unsere Finger ineinander. Mir fiel auf, dass dies das erste Mal war, dass ich mit Sturmauge Händchen hielt. Und ich liebte es. Ich liebte ihn, mehr als alles andere auf dieser Welt und ich hoffte, dass ich mit Luce Snow noch viele, viele erste Male erleben durfte.

»Die Rechnung geht auf mich«, meinte Luce zu Gustav und dieser murmelte ein »Geht klar«.

Nachdem Luce gezahlt hatte, wünschten wir Gustav noch einen schönen Tag, bevor wir uns Hand in Hand auf den Weg zum Geschichtsseminar machten.

»Wie sehr ich mich auf dieses Seminar freue«, stellte Luce fest und lachte laut.

»Stell dich nicht so an, du hast doch eine Nachhilfelehrerin«, erwiderte ich grinsend, woraufhin Luce plötzlich stehen blieb und mich an sich zog.

Ich sah zu ihm auf, seine grauen Sturmaugen verbanden sich mit meinen. Anders, als an dem Tag, an dem wir uns am Kaffeewagen kennengelernt hatten, strahlten die Augen nun Wärme, anstatt Kälte aus.

»Was für ein Glück ich doch habe«, flüsterte er und wieder verzogen sich seine Lippen zu einem strahlenden Lächeln.

»Das hast du.« Ich stellte mich auf Zehenspitzen, um

meine Lippen mit seinen zu verbinden.

»Haben wir«, fügte ich leise hinzu und küsste ihn dann. Es war ein langer, intensiver Kuss. Und als wir uns wieder voneinander lösten und unseren Weg fortsetzten, war ich glücklich. Denn ich wusste, es würde in Zukunft noch viel mehr von diesen Küssen geben. Das Leben mochte es nicht immer gut mit einem meinen, doch manchmal brachte es auch pures Glück.

Ende.